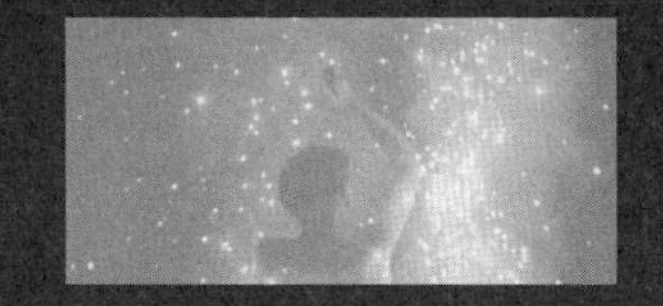

도깨비불

이 도서의 국립중앙도서관 출판시도서목록(CIP)은 e-CIP 홈페이지(http://www.nl.go.kr/ecip)와
국가자료공동목록시스템(http://www.nl.go.kr/kolisnet)에서 이용하실 수 있습니다.
(CIP제어번호: CIP2012001769)

세계문학전집
093

Pierre Drieu la Rochelle : Le feu follet

도깨비불

피에르 드리외라로셸 소설

이재룡 옮김

문학동네

차례

L e   f e u   f o l l e t

도깨비불

그때 알랭은 리디아를 뚫어지게 바라보았다. 하긴 사흘 전 그녀가 파리에 도착했을 때부터 그는 그런 식으로 그녀를 보았다. 무엇을 기대했을까? 그녀, 아니면 자기 자신에 대한 섬광 같은 해명.

리디아도 그를 바라보았지만 눈빛은 그리 강렬하지 않았고, 눈동자가 그저 동그랗게 확장되기만 한 눈이었다. 그리고 그녀는 금세 고개를 돌리더니 눈을 내리깔며 생각에 잠겼다. 무엇에 대해? 그녀 자신에 대해? 그녀의 목덜미와 배가 부풀었던 것은 만족감과 더불어 힐난조의 분노 탓이었을까? 그것은 잠깐 스치는 느낌에 불과했다. 이제 이미 끝난 일이다.

그래서 그도 그녀를 바라보던 눈길을 거두었다. 마치 두 개의 자갈 사이로 빠져나가는 뱀처럼 흥분은 이제 돌이킬 수 없이 그에게서 빠져나갔다. 그는 한동안 꼼짝도 하지 않고 그녀 위에 엎드려 있었다. 그러나 잔뜩 긴장해서 팔꿈치로 몸을 지탱하며 자세를 유지했다. 그러다가 욕망이 빠져나간 자신이 쓸모없다고 느껴지자 그녀 곁으로 누웠다. 그녀는 침대 끝에 길게 누워 있었다. 그에게는 모로 누워 그녀 위쪽에 바짝 붙어 있을 정도의 공간만 있었다.

리디아가 다시 눈을 떴다. 그의 머리는 보이지 않고 털북숭이 가슴팍만 보였다. 그녀는 아쉽지 않았다. 아주 강렬한 느낌은 전혀 없었지만 불꽃이 튀었고, 빛은 없었지만 명료한 그 느낌, 그것이 그녀가 느낀 전부였다.

천장의 알전구 속에서 빈약한 불빛이 깜박거렸다. 알랭이 덮어준 스카프 사이로 어렴풋이 벽면과 낯선 가구들이 보였다.

"한심한 알랭. 형편없었어요." 한동안 뜸을 들인 후 입을 연 그녀가 그에게 느릿느릿 누울 공간을 내주었다.

"담배 좀 줘요." 그녀가 말했다.

"예전에는……" 그는 풀 죽은 음성으로 중얼거렸다.

그는 몇 분 전 침대에 누울 때 머리맡 탁자에 곱게 올려두었던 담뱃갑을 집었다. 아직 뜯지 않았지만 그날의 세번째 담뱃갑이었다. 그가 손톱 끝으로 담뱃갑을 뜯었고, 잠시나마 흡연의 즐거움을 박탈당했던 두 사람은 담배가 빽빽이 들어찬 갑에서 향담배 가루가 탱탱하게 채워진 하얀 담배 두 개비를 빼내며 희열을 느꼈다.

그녀는 다시 몸을 눕혔다. 굳이 고개를 돌리지도 않고 예쁜 어깨를 비틀어 다른 쪽 탁자를 더듬거리더니 핸드백에서 라이터를 꺼냈다. 두 개비의 담배가 타올랐다. 의식은 끝났고 이제 말을 해야 할 때다.

하긴 예전처럼 민망하지도 않았다. 이제 서로 자신을 드러내는 것이 두렵지 않았기 때문에 여전히 감미롭지만 이미 간결해진 상대방의 실체를 파악하는 단계에 이르렀다. 두 사람이 동침한 것도 이번이 열두번째쯤 될 것이다.

"잠깐이나마 당신을 따로 다시 봐서 좋았어요, 알랭."

"당신의 파리 여행이 조금 뒤죽박죽되었겠네."

그는 이미 엎질러진 물에 대해 사과하려고 애쓰지 않았다. 그녀도 그를 나무라지 않았다. 그에게 다가선 이상 이런 불상사는 감수해야 했다. 하지만 파리에서 사흘간 지내다보면 틀림없이 알랭과 마약굴에 있다가 덩달아 검거되어 경찰서에서 하루쯤을 보내리란 생각을 내심 하지 않았을까?

"맞아. 당신은 오늘 아침에 떠나기로 했지." 얼핏 원망기가 섞인 말투로 그가 덧붙였다.

그녀는 이곳으로 올 때 타고 왔던 리바이어던호를 타고 다시 떠나기 위해서 그 전날 저녁 내내 전화통에 매달려 있어야만 했다. 왜냐하면 그녀는 파리에 발을 딛자마자 곧바로 돌아갈 거라고 선언했지만 뉴욕에서도 돌아가는 배편을 예약해두지 않았기 때문이다. 부주의 때문이었을까, 아니면 파리에 머무르고자 했던 은밀한 속셈 때문이었을까? 혹시 후자의 경우였더라도 그녀가 파리를 떠나고자 마음을 굳힌 것은 아마도 그날 밤의 사건 탓일 것이다. 그날 밤 그녀는 고잎에서 담배를 피워대던 악취 나는 경찰관들 사이에 끼어 앉아 밤샘을 했다. 곁에서 낙담한 표정을 짓던 알랭을 보자 어이가 없었다.

국적이 미국이라 신속한 도움을 받았음에도 불구하고 그녀는 몇 시간 동안 모욕을 감수해야만 했다.

그러나 그녀는 집요했다.

"알랭, 우리는 결혼해야만 해요."

그녀가 리바이어던호에 올랐던 것도 오로지 그에게 이 말을 하기 위해서였다.

젊은 이혼녀였던 그녀는 6개월 전 어느 날 저녁 뉴욕의 욕실에서 알랭과 결혼을 약속했다. 그러나 사흘 후 그녀는 생면부지의 어떤 남자와 결혼했고, 그와도 얼마 후 헤어져버렸다.

"조만간 이혼 판결이 날 거예요."

"내 쪽은 그럴 거 같지 않네." 알랭은 조금은 무심함을 가장한 듯한 말투로 대꾸했다.

"알아요, 당신이 여전히 도로시를 사랑한다는 걸."

맞는 말이었지만 그 때문에 리디아와 결혼하고 싶은 욕망이 없는 것은 아니었다.

"그렇지만 도로시는 이제 당신에게 필요한 여자가 아니에요. 그녀는 돈도 넉넉하지 않고 당신을 떠돌아다니게 방치하잖아요. 당신에겐 당신 곁에 꼭 붙어 다닐 여자가 필요해요. 그렇지 않으면 당신은 너무 슬플 테고 무슨 짓이라도 저지를 거예요."

"나를 참 잘 아는군." 알랭이 빈정거렸다.

그의 눈이 한순간 반짝거렸다.

자신과 결혼하고 싶어 하는 여자가 있다는 사실에 그는 매우 감탄했다. 수년 동안 여자 하나를 손아귀에 넣는 것이 그의 꿈이었다.

여자는 돈이요, 은신처요, 그를 몸서리치게 했던 모든 어려움의 끝이었다. 도로시가 있었지만 그녀는 돈이 많지 않았고 그는 그녀를 간직할 수 없었다. 이 여자는 간직할 수 있을까? 그냥 곁에 두기만 할까?

"당신과 결혼하려는 생각이 머리에서 한시도 떠나지 않았어요." 사죄나 냉소라곤 끼여 있지 않은 어투로 그녀는 말을 이어갔다. "하지만 이런 복잡한 사정 때문에 지체되었을 뿐이에요."

수년 전부터 그녀는 아무런 설명도 해명도 필요 없는, 오로지 내키는 대로 사는 것이 허용된 세계 속에서 살았다.

그런 법칙에 따른다면 알랭은 웃을 수가 없었다.

"도로시와 재결합하는 위험을 감수하더라도, 그녀와 끝장을 내려면 뉴욕으로 돌아오세요. 거기에서 나와 결혼식을 올려요. 언제쯤 오실 수 있겠어요? 언제 마약을 끊을 수 있겠어요?"

그녀는 아무런 감정도 싣지 않은 단조로운 어투로 말했다. 그리고 알랭의 표정에서 어떤 낌새도 읽으려 들지 않았다. 그녀는 누워서 담배를 피웠고, 팔꿈치로 기대앉은 알랭은 그녀 너머 먼 데를 바라보았다.

"마약은 이미 끊었는데."

"하지만 경찰이 오지 않았다면 했을 거예요."

"아니. 마약을 했다면 그건 아마도 당신 쪽일 거요."

"그렇게 생각해요? 어쨌거나 당신은 헤로인을 주사하려고 화장실에 들어갔잖아요."

"아니요, 그냥 습관적으로 화장실에 드나든 것뿐이지."

알랭이 마약을 하지 않은 것은 사실이었다. 그러나 화장실에 갔다는 것은 시도 때도 없이 자리를 뜬 것을 정당화하려고 둘러댄 핑계였다.

"알랭, 마약을 끊는 것은 불가능하다던데요."

"내가 마약에 찌들어 죽고 싶은 생각이 없다는 건 당신도 잘 알지 않소."

그의 대답은 끔찍하게 애매모호했다. 그러나 리디아는 결코 질문하는 법이 없었고 어떤 대답도 기대하지 않았다.

"결혼한 후에 아시아 쪽으로 여행을 가요." 그녀는 그저 이런 제안을 하는 것으로 그쳤다.

그녀에게는 꿈지럭거리고 움직이는 것이 모든 문제를 해결하는 길인 듯 보였다.

"그러지, 아시아 아니면 중국."

그녀는 미소를 지었다. 그리고 몸을 일으켜 세우고 똑바로 앉았다.

"저런! 알랭, 밖이 훤해졌어요. 호텔로 돌아가야겠어요."

딱히 이름 붙일 수 없는 어떤 것이 커튼을 통해 흘러내렸다.

"당신 기차는 열시에나 떠나는데."

"그건 그래요! 하지만 할 일이 아주 많아요. 그리고 만나야 할 친구도 있고요."

"어디에서?"

"호텔에서요."

"자고 있을 텐데."

"깨워야죠."

"욕을 먹을 거요."

"상관없어요."

"그럼 일어납시다."

그러나 일어나려던 그는 어떤 거리낌이 들어 머뭇거렸다.

"한 번 더 안고 싶네. 이리 와요."

"아니요, 아주 좋았고 나는 만족했어요. 그러니 키스나 해주세요."

그는 그녀가 파리에 머물고 싶을 만큼 진지한 키스를 했다.

"나는 당신을 특별한 방식으로 사랑해요." 그녀는 드디어 핼쑥해진 알랭의 얼굴을 바라보며 천천히 말했다.

"찾아와줘서 고마워요."

그는 자신이 얼핏얼핏 소심하게 내비친 탓에 불현듯 인간들과 자신을 하나로 묶기도 했던 감정을 드러내며 말했다.

하지만 그는 습관대로 앞뒤가 맞지 않는 수줍음 혹은 우아한 감정의 흐름에 휩쓸려 침대 바깥으로 툭 뛰어내렸다. 그러자 그녀도 따라서 침대에서 나와 욕실로 사라졌다.

그녀의 아름다운 다리와 아름다운 어깨, 그리고 너무 창백한 나머지 알아볼 수조차 없는, 냉정한 표정을 과장하다보니 멍청해 보이지만 매력적인 그녀 얼굴이 거울에 비쳤다. 그녀는 배 속 은밀한 부분에 그가 남긴 불모의 흔적을 지우고 간단한 세척을 하느라 제 모습이 어떤지 신경 쓰지 않았다. 그녀의 피부는 오랜 여행 탓에 딱딱해지고 더러워진 고급 트렁크의 가죽과 흡사했다. 그녀의 젖가슴은 잊힌 문장(紋章)이었다. 그녀는 근육이 무른 양쪽 허벅지를 벌린 채 몸을 씻었다. 그리고 방으로 들어와 핸드백을 찾았다.

알랭은 새 담배를 꺼내 물고 방 안을 이리저리 서성거렸다. 그녀도 담배 한 개비를 꺼내 물었다. 알랭은 그녀 쪽을 바라보았다. 딱히 눈여겨보는 것은 아니었다. 그는 오랜 습관대로 필경 쓸쓸하지만 뭔가 우스꽝스러운 구석을 찾기 위해 호텔 방 안을 눈길로 샅샅이 훑어보았다. 그러나 인간 무리가 끊임없이 묵어가는 하룻밤용 호텔 방은 공중변소 소변기만큼이나 평범했고, 심지어 낙서 한 줄 보이지 않았다. 벽과 양탄자와 가구에 얼룩만 남아 있었다. 침대 시트에는 표백제로 은폐된 또 다른 얼룩들이 어렴풋이 눈에 띄었다.

"뭘 찾는 거예요?"

"아무것도."

담배를 든 알랭의 몸, 그것은 리디아의 몸보다 더 공허한 허깨비였다. 그는 배가 나오지는 않았지만 얼굴에 늘어진 군살 때문에 통통해 보였다. 몸에 근육이 붙어 있었지만 무엇 하나 들어 올릴 법하게 보이지 않았다. 잘생긴 얼굴이지만 밀랍 마스크였다. 풍성한 머리카락은 가발처럼 보였다.

욕실에서 나온 리디아는 그의 시체 같은 얼굴 위에 기묘한 생명의 캐리커처를 그렸다. 하얀 데에 하얀색을 덧칠하고, 붉은색과 검정색을 더했다. 그녀의 손이 떨렸다. 입가와 눈가의 거미줄처럼 섬세한 잔주름을 바라보는 그녀의 눈길에는 두려움이나 동정심은 깃들어 있지 않았다.

"이런 남루한 호텔이 좋아요. 이런 데는 오로지 당신하고만 와서 그런지 세상에서 가장 친밀한 곳처럼 느껴지거든요." 그녀가 큰 소리로 말했다.

"맞아요." 그가 한숨을 내쉬었다.

그는 그녀가 마음에 들었다. 그녀는 꼭 필요한 말만 했기 때문이다. 게다가 말을 할 필요성마저 그리 자주 느끼지 않았으리라는 생각이 얼핏 들었다.

그녀가 다시 방에 들어왔다. 손에 핸드백을 든 그녀는 알랭을 빤히 바라보며 핸드백을 뒤져 수표책과 볼펜을 찾았다. 그녀의 명민한 눈빛에는 희망 없는 자만심이 배어 있었다. 그녀는 침대에 한쪽 발을 딛고는 수표책을 무릎에 올려놓고 썼다. 꾸민 태라곤 전혀 없는 노골적 노출은 그에게 아무런 감흥도 불러일으키지 못했다.

그녀가 수표를 내밀었다. 그는 수표를 받아 들여다보았다.

"고맙소."

그는 그녀가 돈을 주리라 믿고 기다렸다. 그래서 그녀가 파리에 도착하면서 그에게 주었던 2천 프랑 중 남은 돈을 그날 밤 모두 써버렸다. 그녀는 수표에 1만이란 숫자를 썼다. 하지만 그는 요양소에 5천, 그에게 마약을 공급해준 친구에게 2천을 빚지고 있었다. 예전 같았으면 한 번에 1만 프랑을 받으면 기적이라 여겼을 텐데 지금은 밑 빠진 독에 물 붓기였다. 리디아는 도로시보다는 부자였지만 그렇다고 백만장자는 아니었다.

그는 리디아에게 상냥한 미소를 지었다.

"알랭, 이제 옷을 입을게요."

그도 여기저기 흩어져 있는 옷을 주워 욕실로 들어갔다.

잠시 후 그들은 방에서 내려왔다. 복도는 텅 비어 있었고, 문 안쪽에서는 깊은 잠에 빠진 사람들이 느껴졌다. 부스스한 머리의 창백한 하녀가 소파에서 웅크리고 자다가 벌떡 일어나 문을 열어주었다. 호텔까지 데려다준 택시 운전사에게 남아 있던 돈을 몽땅 털어준 터라 알랭은 황급히 손목시계를 끌러 하녀에게 주었다. 그녀는 화들짝 놀란 표정을 지었다. 그러나 그런 것을 선물해줄 만한 남자 애인이 없었던 그녀는 알랭을 경멸의 눈길로 바라보았다.

11월이었지만 그리 춥지 않았다. 더러운 타일 위의 젖은 걸레처럼 해가 어둠 위로 미끄러져갔다. 그들은 빈 상자들이 가득 찬 쓰레기통 사이로 블랑슈 거리를 따라 내려갔다. 리디아가 어깨를 똑바로 편 채 날렵한 발목을 움직이며 앞서 걸었다. 칙칙한 새벽어둠 사이로 그녀의 분가루가 여기저기에 도발적 흔적을 남겼다.

그들은 트리니테 광장에 도착했다. 생라자르 거리 한구석에 열려 있는 식당이 하나 있었다. 안으로 들어갔다. 안에서 기운을 차리고 있던 몇몇 사람들이 방황하는 이 아름다운 한 쌍을 뭔가 다 알고 있다는 동정 어린 눈빛으로 잠깐 바라보았다. 그들은 서너 잔의 커피를 마시고 다시 밖으로 나왔다.

"알랭, 우리 계속 걸어요."

그는 좋다고 고갯짓을 했다. 그러나 쇼세당탱 거리를 보니 기운이 빠졌다. 그는 유령들이 노는 당구대 위에서 굴러가는 당구알처럼 홀로 지나가는 택시를 대뜸 불러 세웠다. 여자는 눈살을 찌푸렸다. 그가 너무 쓸쓸해 보여서 여자는 따지고 싶은 마음을 삼켰다.

"역까지 배웅할 수 없어요." 택시 문을 닫아주며 남자가 쉰 목소리로 말했다. "여덟시까지 요양소로 복귀하지 않으면 의사가 나를 내쫓을 거요."

그는 진심으로 미안해했다. 여자는 그의 진심을 의심하지 않았다. 연애의 모든 사소한 절차에 이 남자만큼 배려 깊은 사람은 없었으니까.

"자, 알랭, 가급적 빠른 시일 내에 뉴욕으로 오세요. 돈을 보내드릴게요. 오늘 수중에 돈이 충분하지 않아서 아쉽네요. 내가 준 돈이 넉넉하지 않다는 걸 너무 잘 알아요. 우리 결혼해요. 키스해주세요."

그녀는 직선처럼 담백하지만 씁쓸한 밤의 냄새를 풍기는 입을 내밀었다. 그는 과감한 키스를 했다. 분가루와 피로와 몸에 밴 거만에도 불구하고 아름다운 얼굴이었다. 그녀는 한때 그를 사랑할 수도 있었겠지만 아마도 결국에는 겁을 냈을 것이다.

불현듯 다시 혼자 남게 되리라는 생각이 들자 그는 택시 안으로 비집고 들어갔다. 입에서 거친 신음이 새어 나왔다.

"알랭, 왜?"

그녀는 희망에 사로잡힌 듯 그의 손을 잡았다. 그들의 체념 어린 냉정함과 가장된 평온에 금이 갔다.

"뉴욕으로 오세요. 나는 지금 다시 떠나야 해요."

알랭은 이렇게 악을 쓰고 싶지는 않았다. 왜 다시 떠나야 하는 거요? 그러나 그녀에게는 어떠한 정당한 이유도 없음을 그도 잘 알고 있었다. 하지만 알랭이 항상 들어왔던 숙명이란 것을 그에게서 떨쳐내주기에 그녀가 봐도 자신은 너무 미약한 처지였다.

그들은 호텔에 도착했다. 그는 인도로 뛰어내려 초인종을 누른 다음 그녀의 손에 키스했다. 그녀는 뺨에 퍼진 흐릿한 푸른 눈을 크게 뜨고 다시 한 번 알랭을 바라보았다. 이 매력적이고 불쌍한 남자, 그를 떠난다는 것은 그를 그의 가장 끔찍한 적, 다름 아닌 그 자신에게 넘겨주는 일이며, 저 끝 튀일리 공원 근처, 쓸쓸한 나무들만 있는 캉봉 거리의 잿빛 하늘 아래에 그를 내버린다는 것을 의미했다. 그러나 그녀는 용의주도한 결정, 딱 사흘만 파리에 머물겠다는 결심을 고수했다. 얼굴이 굳어진 그는 입술을 깨물더니, 부디 누구를 사랑하는지도 모른 채 자신이 그저 예쁜 여자라는 편협한 생각 속에 갇혀 살기를 바란다고 했다. 그러면 하늘은 여전히 잿빛으로 머물 테고 태양은 결코 얼굴을 내밀지 않을 것이다.

"생제르맹으로 갑시다." 맥 빠진 음성이 웅얼거렸고 무거운 호텔 문이 닫히면서 그토록 가는 발목과 그토록 섬세한 비단옷이 눈앞에서 사라졌다.

택시는 잠에 취한 듯 비틀거리며 그를 라바르비네 박사의 요양소로 데려다주었다.

알랭은 식사 시간에만 방에서 내려왔다.

식당, 거실, 복도, 계단은 온통 문학으로 도배되어 있었다. 라바르비네 박사는 지난 두 세기 동안 우울증 덕분에 유명해진 모든 작가의 사진을 자기가 돌보는 신경쇠약증 환자들 눈앞에 아무 거리낌 없이 일렬로 걸어두었다. 그는 수집가의 무심한 변태성을 발휘해서 지난 세기 몽상가들의 딱딱한 얼굴에 이어 점차 제대로 선별한 동시대 작가들을 전시해두었다. 그러나 그에게나 환자들에게나 저들은 그저 유명 인사들에 불과했다. 알랭에게는 달리 보일지도 몰랐다. 결코 발을 들여놓지 않았던, 아니면 매우 빠른 걸음으로 지나갔던 저 박물관의 인물들 중에서 자신의 모습을 보기도 한 것이다.

라바르비네 부부를 중심으로 모든 사람이 이미 식탁에 둘러앉아 있었다. 요양소와 하숙집에서 볼 수 있는 끔찍한 특징들을 두루 모아놓은 이곳에 체류하는 동안, 이 공동 식사는 그에게 가장 기상천외한 순간처럼 보였다.

그는 식탁에 둘러앉은 사람들의 얼굴을 보지 않을 수 없었다. 미치진 않았지만 심약한 사람들이었다. 박사는 다루기 쉬운 고객들만 골랐다.

파르누 양은 얄팍한 탐욕을 품고 알랭에게 미소를 지었다. 파르누, 포르주 파르누 가문, 대포와 포탄 제조업자의 딸. 핏기 없는 대머리에 까만 가발을 쓴 마흔 살에서 예순 살 사이의 자그마한 여자. 늙은 부모에게서 태어나 몹시 왜소하고 체질적으로 약한 이 여자는 억만금에 둘러싸여 불치의 빈곤 속에서 살고 있다. 살다보니 지친 게 아니라 남들이 사는 것을 구경만 하다 지친 나머지 점점 고상해진 피로를 치료하기 위해 라바르비네 박사의 집에 이렇듯 종종 쉬러 오는 것이다. 애지중지 자란 그녀는 일찌감치 호흡을 조절하는 법을 배웠다. 하지만 석 달마다 탈진해서 모든 것을 멈추고 잠시 무덤 속에 들어가야만 했다. 사는 척을 할 때는 실로 과열된 흥분 상태에 있었다. 이 집 저 집의 응접실로 데려다주는 건장한 운전사와, 관장을 해주고 편지를 부쳐주는 늙은 하녀를 대동한 그녀는 유명 인사를 만나 파티를 하기 위해 유럽 전역을 돌아다녔다. 그녀는 삶에 굶주렸다. 그녀에게 남아 있는 빈약한 삶은 오로지 남들에게서 삶을 발견하려는 노력에 집중되었다. 그녀의 성격은 아양과 교태 쪽으로 흘렀지만 자신과 닮은 것을 경멸하는 가장 파격적 성격으로 자신을 몰아붙였다. 붉은 머리에 노동자의 거친 손을 가진 러시아 작가 앞에서 비위가 상해 작은 신음을 억지로 참아 넘겼지만, 혈기 넘치는 저 근육 덩어리에게 애착을 느끼기도 했다.

막연하지만 예리한 취향을 지닌 탓에 그녀는 명예와는 다른 길을 택했다. 썩은 씨앗처럼 꽃을 피울 수는 없었지만 머릿속에 잠재된 음란함이 꿈틀거렸다. 남색가라서 젊은 남자만 보면 묵직한 어깨를 씰룩거리는 남자 운전사, 그리고 오로지 암시로 끝날 뿐인 달콤한 신체 접촉을 하는 하녀를 보는 것만으로는 만족하지 못했다. 다소나마 유혹의 재능이 있어 그것으로 거래를 하는 인간들 주변을 돌며 은근한 미소와 노골적 추파를 던지는 일이 그녀에게는 필요했다.

온갖 악덕의 장본인과 건달 들과 마주쳤던 수상쩍은 사교 모임에서 오래전부터 알랭의 처절한 불행에 대해 익히 들어왔던 터라 그녀는 항상 알랭에 대해 아쉬움 같은 것을 품고 있었다.

또 다른 이웃 다베르소 후작은 겉으로 보기에 그녀가 군침을 삼킬 만한 모든 것을 완벽히 갖춘 인물이었다. 다베르소 장군의 후손이었으니 그럴듯한 이름을 가지고 있었고, 『남색가였던 프랑스 왕족의 역사』를 썼으니 작가이기도 했고, 자잘한 추문을 다루는 일간지에 한 꼭지를 맡아 쓰기도 했다. 그러나 그는 흉하게 생겼다. 독이 오른 듯 두툼하게 부풀어 오른 입술과 녹색 치아를 참아 넘기려면 천부적 재능이 필요했을 것이다. 그리고 그가 늘어놓는 툴롱에서의 일화는 귀가 닳도록 들어온 터였다.

다베르소를 뺀다면 파르누 양 못지않게 알랭에게 추파를 던지는 사람은 쿠르노 양이었다. 그녀는 꺽다리에 말라깽이였다. 위생철학과 관련된 책을 쓰기도 했던 그녀의 아버지 쿠르노 남작은 갖은 노력을 다했지만 결코 시든 뼈다귀에 듬직한 살이 붙게 할 수는 없었다. 비셰트 쿠르노 양은 박물관에서 도망친 공룡처럼 한 시대를 누비고 다녔다. 그녀는 불처럼 달아올랐지만 남자들은 그녀의 과장된 포옹을 피해 다녔다. 그녀의 심각한 우울증은 거기에서 비롯되었다. 아무도 그녀를 돌보지 않은 탓에 그녀는 항상 세상에 혼자 있는 것처럼 행동했다. 라바르비네 박사 집에서 식사할 때 그녀는 비단 드레스 속에 손을 넣어 뱀 가죽처럼 늘어진 긴 젖가슴을 긁적거릴 정도였다.

조금 떨어진 데서 두 남자가 이야기를 나누고 있었다. 모레르 씨와 브렘 씨였다. 두 사람 모두 금융업에 종사하며 집안 재산을 엄청나게 불려놓았다. 그러나 골치 아픈 집안 문제로 인해 이미 퇴락한 그들의 뇌신경은 탈진하고 말았다. 바람을 피우는 아내와 타락한 아이들 때문에 고민하던 가톨릭 환전상과 유대인 주식중개인의 삶, 오랫동안 평행선을 긋던 이들 삶의 행로가 최근에 라바르비네 박사의 집에서 조우한 것이다. 유대인과 가톨릭 신자, 이들은 서로에 대한 굳건한 존중을 바탕으로 서로를 장엄하게 증오했다.

끝으로 라바르비네 박사의 부인이 있었다. 요양소에서 유일하게 미친 여자였다. 남편에게 끊임없이 동침을 강요했지만 그녀의 뚱뚱한 배는 여전히 허기진다고 아우성이었다. 성기에서 작동하던 욕정이 간과 위장까지 퍼진 탓에 그녀는 오장육부를 움켜쥔 채 불그레한 낯빛으로 몇 번인가 알랭의 방을 찾은 적도 있었다. 그녀는 외설적인 하품을 해댔다. 무척이나 점잖고 호의적으로 말하는 알랭이 그녀에겐 일종의 진정제처럼 보였던 터라 그녀는 비틀거리며 방을 나가서 냅다 뛰어가 박사의 품에 몸을 던졌다.

박사는 초조한 감방 간수였다. 환자들을 놓치면 어쩌나 하는 걱정으로 그의 둥그런 눈은 움푹 팬 뺨 속에서 이리저리 굴러다녔고, 턱의 구실을 하는 턱수염은 쉴 새 없이 떨렸다.

모든 사람이 먹고 홀짝거렸다. 알랭은 눈앞에 놓인 적포도주 병을 묵묵히 바라보았다. 그는 한 방울도 마시지 않았다. 지난번 중독 치료를 마친 후 요양소에서 나왔을 때 그는 속이 후끈해지는 뭔가를 마시고 싶은 급작스러운 욕구에 사로잡혔다. 그래서 맨 처음 눈에 띄는 술집에 들어가 가장 독한 적포도주 1리터를 벌컥벌컥 들이켰다. 오랜 단주 상태에서 불에 기름을 부은 꼴이었다. 그는 거리에서 악을 썼고 행인들을 향해 욕설을 퍼부었다. 그리고 경찰서에 끌려갔다.

"어젯밤에 파리에 갔었죠!" 파르누 양이 게걸스레 먹으며 말했다.

요양소 사람 누구나 알랭이 외박을 했다는 사실을 알고 있었고, 부러움과 경악을 느꼈고, 특히 경악 쪽이 더 커서 경악은 추문으로 확대되었다. 하나같이 병약한 그들은 그들의 공포의 신, 즉 병과 죽음의 신을 희롱하는 알랭을 비난했다.

"당신이 찾아가서 틀림없이 아주 좋아했을 예쁜 사람들이 있었겠군요." 파르누 양이 덧붙였다.

"예쁜 사람들은 까다롭지도 않지요."

"당신은 입맛이 까다롭잖아요."

"그렇게 생각하지 마세요."

"입맛이 까다롭지 않았다면 지금 처지와는 달랐을 텐데요."

입으로는 이해와 동정심이 묻어나는 말을 했지만 그녀의 푸른 눈은 엄혹했다. 알랭이 구설수에 오른 자신의 격정과 위험까지 함께 나누자며 그녀에게 두 팔을 벌렸다 할지라도 그녀는 그의 구애를 거절했을 것이다. 잔돈푼에 매달리는 구두쇠처럼 자신의 미약한 건강을 더욱 중요하게 여겼기 때문이다. 그녀는 알랭의 무모함을 비난했고, 그는 무모함의 대가를 치르느라 핏기가 없었고 주름살이 깊게 패었다. 그녀는 내심 그런 그의 모습을 보는 것을 즐겼다.

"미국에는 한 번도 가본 적 없죠?" 알랭이 무심히 물었다.

"네, 우리의 늙은 유럽도 겨우 시간을 내 돌아봤는데 험악한 그곳에 갔다면 그들이 나를 죽였을 거예요. 당신은 미국에 가본 적이 있다고 들었어요. 거기에서 인기가 좋았다면서요."

그녀는 미국 여자들이라면 알랭에게 돈을 물 쓰듯 했을 거라고 생각했다. 그녀라면 아마 돈이 아까웠을 것이다.

다베르소 씨는 그녀가 몽상에 잠긴 틈을 타 그녀에게 수작을 걸었지만 비뚤어진 성격을 타고난 탓에 평소처럼 아슬아슬한 화제를 꺼냈다.

"오늘 아침에 〈악숑 프랑세즈〉 봤어요? 모라스의 기사는 앞뒤가 맞지 않았고 루이 14세 궁전에 관한 기사는 넘지 말아야 할 선을 넘어버렸더군요. 라신의 세계와 프루스트의 세계를 비교한 지방 교수의 글도 있었어요. 그런데 라팔라틴 공주의 편지만 읽어봐도 알 수 있지요. 그 시대나 지금이나 취향이 똑같은 사람들이 있었던 거죠."

"나는 〈악숑 프랑세즈〉 같은 신문은 절대 읽지 않아요." 평민 집안 출신이라 극우 사상에 대해 일정한 증오심을 갖고 있는 파르누 양이

차갑게 대꾸했다.

"내 경우는 우리 집안 사람들이 모두 읽기 때문에 꼭 읽어야만 하지요. 하지만 좋아하진 않아요. 그래서 어느 날 저녁에 내가 아저씨한테 이런 말을 했는데……"

다베르소 씨의 말은 사실이었다. 성격이 비루하고 생각이 짧은 터라 조금이라도 과격한 모든 태도를 증오했다.

게다가 그는 평민 출신의 모라스를 경멸했다. 그에게는 고작해야 겉치장에 불과한 요란한 퇴물로 변한 가치들에 집착하는 프티부르주아의 열정을 그는 뜬금없다고 생각했다.

"공작님은 안녕하신지?" 다베르소 가문의 화려한 직함에 다시 공손해진 파르누 양이 물었다.

"요새는 잘 지내지요." 포르주 가문보다 한 수 위인 친척을 둔 데 만족한 다베르소 씨가 대답했다. "그 친구는 파리를 다녀온 뒤로 안색이 나빠졌지요. 몇 해 전만 해도 미남이었는데."

"잘 보면 아시겠지만 아직도 그런대로 미남이던데요."

"당신에게만 그렇게 보이나보군요."

알랭은 더 이상 아무도 자신에게는 눈길을 주지 않는다는 것을 느꼈다. 몇 달 전부터 그는 두루 퍼져 있는 하찮은 소문들에 무덤덤해졌다.

파르누 양의 정치에 대한 이야기가 마치 흑사병인 양 피하며 그는 라바르비네 부인과 수다를 떠는 척했다.

그녀는 계속 한숨을 길게 내쉬었다.

"어제도 밤을 꼬박 새웠겠군요." 그녀가 목이 잠긴 듯한 소리로 중얼거렸다.

"아주 얌전히 보냈지요."

"그러고 보니 안색이 그리 나쁘지 않군요. 오늘 오후에도 외박하셔야겠네요. 잠을 잘 주무셨다니. 그래요, 나가서 주무세요, 외박하세요."

"브렘 씨, 왜 항상 모레르 씨를 혼자만 독점하는 거죠?" 박사는 회식자들 사이에 화기애애한 분위기를 만들려고 애쓰며 식탁 건너편에서 큰 소리로 말했다. "우리 모두 선생의 대화를 듣고 싶거든요."

브렘 씨와 모레르 씨는 모두 신비주의에 빠져 있었다. 모레르 씨의 고해신부는 토마스주의를 대중적으로 풀어 쓴 책 몇 권을 권했고, 모레르 씨는 자기보다 훨씬 깊이 기독교 신학에 경도된 브렘 씨가 쏟아내는 공격에 맞서 최선을 다해 자기옹호를 하고 있었는데, 그는 브렘 씨를 괴롭히면서도 필경 속으로는 개종을 준비하고 있었을 것이다.

쿠르노 양은 불쑥 이 두 사람에게 눈길을 돌리더니 예기치 못한 격렬한 반응을 보이며 소리쳤다.

"오! 그래요, 그거 아주 흥미롭겠군요."

하지만 그녀의 눈은 여전히 흐리멍덩했다.

브렘 씨와 모레르 씨는 신중히 고개를 주억거렸다.

이들이 고개를 끄덕거리는 모습을 보고 알랭이 폭소를 터뜨리자 비세트 양이 눈을 동그랗게 뜨고 그를 바라보았다.

다행스럽게도 식사 시간은 금세 끝났다. 알랭은 거실에서 커피를 마시는 절차를 피해 자기 방으로 올라갔다.

바깥에는 비가 내렸다. 누렇고 커다란 역겨운 나뭇잎이 유리창을 때리는 모습을 보자 알랭은 겁이 났다. 그는 시골을 두려워했고 음산한 마을로 둘러싸인 이 축축한 숲은 그의 두려움을 부추길 따름이었다.

그러나 이런 우중충한 날씨에도 불구하고 가족을 떠난 후에 전전했던 모든 호텔 방보다 훨씬 쾌적한 이 방을 알랭은 좋아했다. 그는 담뱃불을 붙이고 주변을 둘러보았다.

책상 위의 물건들과 벽난로는 완벽하게 정돈되어 있었다. 삶의 공간이 날이 갈수록 협소해지는 터라 모든 것이 중요했다. 책상 위에는 편지들과 두 뭉치로 분류된 영수증이 있었다. 그리고 한 줄로 쌓아놓은 담뱃갑과 성냥갑. 볼펜 한 자루. 잠금장치가 달린 커다란 지갑. 머리맡 탁자에는 추리소설이나 음란소설, 미국 화보와 전위 성향의 잡지 들이 있었다. 벽난로 위에는 물건이 두 개 놓여 있었다. 하나는 아주 납작한 초정밀 백금 시계이고, 다른 하나는 장터에서 구입해 어디를 가나 갖고 다니는, 나체 여인을 조각한 못생긴 작은 채색 석고상이었다. 그는 석고상이 예쁘다고 말하고 다녔지만 실은 그것으로 자기 삶이 추해 보이는 것이 좋았다.

거울에는 신문에서 잘라낸 기사와 사진이 붙어 있었다. 몸을 뒤로 젖힌 아름다운 여자의 정면 사진 속에는 여자의 끊어질 듯 팽팽한 목, 턱이 그려놓은 감동적인 선, 오른쪽 왼쪽으로 벌어진 입과 두 개의 콧구멍, 기우뚱한 눈썹 선이 드러나 있었다. 반면에 똑같이 몸을 뒤로 젖혔지만 등 쪽이 후경으로 사진에 잡힌 남자는 부스스한 머리카락으로 경계 지어진 넓은 이마, 그 아래로 불쑥 튀어나왔지만 실물보다 작은 코만 드러나 있었다. 이 두 사진 사이에 네 장의 우표로 붙여놓은 잡보(雜報)는 인간의 정신을 이차원으로 축소시킨 나머지 어떤 돌파구도 허용하지 않았다.

이 방에도 돌파구는 없었고, 이곳은 그가 살아가는 영원한 방이었다. 수년 전부터 고정된 거처가 없었던 그는 매일 밤 어떤 곳으로도 변할 수 있는 이상적 감옥인 이 방에 터를 잡은 것이다. 커다란 상자 속에 든 작은 상자처럼 그의 공허해진 불안이 거기에 있었다. 거울 하나, 창 하나, 문 하나. 문과 창은 어디로도 통하지 않았다. 거울만이 오로지 자신에게 열려 있었다.

은둔의 마지막 단계에 갇혀 고립된 알랭은 물건 하나하나에 매달렸다. 그는 사람들하고는 대개 금세 이별했고 이별과 동시에 지워졌던 터라, 이런 물건들을 통해 자기 밖에 있는 무엇인가와 접촉하고 있다는 환상을 만들어냈다. 바로 이런 탓에 그는 졸렬한 우상숭배에 빠졌다. 그는 날이 갈수록 즉흥적이며 냉소적인 상상력에 따라 선택했던 음산한 사물들의 지배를 받았다. 원시인(그리고 어린아이들)에게 이런 사물들은 살아서 고동치는 것이었다. 즉 나무 한 그루, 돌 하나가 애인의 육체보다 더욱 암시적이었고 이런 것들이 그들의 피를 고동치게 했기 때문에 그들은 이런 것들을 신이라 불렀다. 그러나 알랭에게 이런 물건들은 출발점이 아니라 이 세상을 두루 돌아다니는 무익하고 짧은 여행이 끝난 후 탈진해서 돌아가는 지점이었다. 감정이 메마른 냉소적인 그는 이 세상에 개념을 부여하는 일을 자제했다. 철학, 예술, 정치, 도덕 등 모든 체계가 그에게는 실현 불가능한 허장성세처럼 보였다. 개념에 의해 뒷받침되지 못하는 이 세계는 너무 허술한 나머지 그에게 어떤 버팀목도 제공하지 못했다. 그에게는 오로지 단단한 것들만이 형식을 유지했다.

그는 바로 이 대목에서 착각했다. 사물에 유사 형식을 제공했던 것이 실은 자기도 모르는 사이에 교육을 통해 흡수했던 개념들의 찌꺼기였고, 이 개념을 가지고 자신이 무의식적으로 물질의 편린들을 만들어냈다는 사실을 그는 보지 못했던 것이다. 예컨대 정의(正義)의 개념과 방을 그토록 정갈하게 정돈하는 그의 취향 사이에 그가 모르고 있거나 혹은 부인했던 은밀한 관계가 있다고 누군가가 주장한다면 그는 대놓고 비웃었을 것이다. 그는 진리의 개념을 모르고 사는 것을 자랑삼았지만 잘 정돈된 성냥갑 앞에서는 열락에 빠졌다. 원시인은 어떤 대상을 보면 그것을 식량으로 생각하고 군침을 흘리며 곧 입안에 넣으려 들지만, 퇴폐주의자는 그것을 배설물로 보고 호분(好糞) 취향의 경배에 빠진다.

그날 알랭은 자신을 둘러싼 모든 것을 그 어느 때보다도 애절한 눈빛으로 바라보았다. 리디아가 떠나서 감상에 젖었기 때문이다. 그녀의 떠남에서 비롯된 어떤 부재, 도로시의 부재가 더욱 두드러지고 깊어질 것이다. 신변에 누적되도록 방치했던 상황들에 꼼짝없이 포위되었다는 느낌이 날이 갈수록 심해졌다. 그보다 더 끔찍한 징조가 어디 있을까. 그는 허황된 논리에 떠밀려, 온갖 발악을 하고 발버둥을 치며 벗어나려고 했던 환경으로 다시 돌아온 꼴이 되었다. 콩스탕과 보들레르의 초상화가 걸린 아래층 거실 한구석에 둘러앉아 커피를 마시는 태평스러운 정신병자들의 모습, 예전의 가족 모습이 되살아났다. 사랑에 대한 두려운 회한에 찌든 어머니, 말단 기술자들의 잔돈푼만 모았다는 자책에 사로잡힌 아버지, 직업 없는 이혼녀인 누나. 부모는 두 자식을 앞에 두고 제각기 딴생각에 잠겨 있다. 수년간 발버둥쳤지만 그 어느 것도 열매를 맺지 못한 터라 그는 다시 맨 밑바닥에 떨어진 것이다.

그는 타들어가는 담배를 입에 물고 안팎 모두, 마음도 호주머니도 빈털터리가 되어 그렇게 서 있었다.

그때 평소처럼 반작용이 일어났다. 그의 영혼을 가두는 맨벽, 그리고 벽을 장식하는 약간의 애장품은 더 이상 눈에 들어오지 않았고 돌연 그 모든 것을 한 마디로 요약할 수 있는 말이 떠올랐다. 돈이었다. 그는 지갑에서 리디아가 준 수표를 꺼낸 다음 의자에 앉아 그것을 탁자 위에 올려놓았다. 그는 막강한 힘이 내장된 이 직사각형의 종이에 온 정신이 팔려 골똘히 생각에 잠겼다.

알랭은 어린 시절부터 욕망을 느낄 때마다 오로지 돈만을 생각했다. 그의 나태, 그리고 일을 하면서는 결코 돈을 추구하지 않겠다는 은밀하고 거의 확고부동한 의지 탓에 넘어갈 수 없는 심연이 돈과 그를 떼어놓았다. 그러나 그러한 치명적 거리감 때문에 그의 관심은 더욱 돈에 집중될 수밖에 없었다. 그는 수중에 항상 돈을 가지고 있었지만 그것을 결코 소유한 적이 없었다. 돈은 항상 약간만 있었을 뿐 많은 적이 없었다. 그것은 한 번도 목돈이 되지 않고 손가락 사이로 끊임없이 새어나가는 유동적이며 덧없는 사치품이었다. 돈은 어디에서 생긴 걸까? 친구, 여자 등등 모든 사람이 그에게 돈을 주었다. 열 가지 직업을 전전하면서 돈을 번 적도 있었지만 잔돈푼에 불과했다. 수중에 2, 3천 프랑을 가지고 다닌 적도 있었지만 그다음 날에도 그만큼 있으리라는 보장은 전혀 없었다.

오늘 그의 앞에 1만 프랑이 놓여 있었다. 한 사람에게서 단 한 번에 1만 프랑을 긁어낸 것은 처음이었다. 몬테카를로에서 딱 한 번 도로시에게서 받은 적이 있지만 그것은 노름 밑천이었다. 노름은 도로시에게 돈을 긁어내기 위한 수단에 불과했다. 그렇지만 아무튼 노름을 했고 몽땅 잃었다.

1만 프랑. 그것은 그의 평소 노획량보다 많은 액수였지만 그렇다고 넉넉한 액수는 아니었다. 잔돈에 불과했다. 우선 빚만 해도 20만 프랑이었다. 그의 씀씀이는 해가 갈수록 헤퍼졌고, 하룻밤에 목돈을 잘게 부수는 충동적 성격 또한 점점 두드러졌다.

필경 그 역시 미래를 걱정했을 테지만 현실적인 걱정을 한 것은 아주 최근부터였다. 추문을 일으키는 데도 한계가 있었고, 인두세를 받아낼 만한 한정된 친구들에게 그들이 예외적인 일이라고 간주하는 돈을 뜯어내는 일을 마치 철칙인 양 계속할 수도 없는 노릇이었다. 간헐적으로, 그러나 줄기차게 푼돈을 뜯어내는 데 그도 지쳤고 그 액수의 한계도 잘 알고 있었다. 고작해야 2, 3천 프랑 정도이다. 자신의 유일한 밑천, 즉 젊음도 이제 고갈되었다는 사실도 알고 있었다.

그리고 리디아가 그에게 1만, 2만 혹은 3만 프랑을 또다시 줄 것인가?

그런 돈을 받으려면 뉴욕으로 가야만 했다. 뉴욕으로 가려면 마약에 다시 손을 대지 말아야만 했다.

그런데 그날 저녁에도 수중에 1만 프랑이 들어왔으니 다시 마약에 손을 댈 생각이었다.

그에게 우주를 요약한 것 같은 돈은 다시 마약으로 요약되었다. 항상 잘 챙겨 입었지만 많이 지출하지 않는 옷값과 호텔 방값을 제외하고 돈은 모두 밤을 위한 것이었다.

탁자 위에 있는 리디아의 수표가 의미하는 것이 바로 그런 것이었다. 그것은 밤이며 마약이었다. 그것은 더 이상 리디아를 의미하지 않았고, 리디아는 밤과 마약에 의해 지워져버렸다. 밤과 도취. 그리고 밤과 도취란 길게 보면 고작해야 잠에 불과했다. 밤과 잠, 그것에 불과했다. 무엇 때문에 운명을 거슬러 싸우려고 하는가? 그는 무슨 이유로 몇 달 전부터 고민하고 고통스러워했던가? 그는 두려웠던 것이다. 다시 원점으로 돌아와 자신을 파괴할 원인과 결과 사이의 인과율을 어느 순간 깨달았다. 마약으로 인해 그는 여자와 친구를 잃었다. 그런데 이런저런 사람들이 없다면 더 이상 돈도 생기지 않을 테고, 따라서 마약도 없다.

이것이 마지막 마약이고 이것으로 모든 것을 청산하고 떠나버린다면 어떨까. 그렇다, 이제 그럴 때도 되었다. 1만 프랑. 이 돈을 갖고 며칠 밤, 마지막 며칠 밤을 더 보내는 거다. 저녁 여섯시쯤 파리로 돌아가 결정적 밤에 몸을 던지는 거다.

하지만 그는 침대에 길게 누워 있었고 잠을 충분히 자지 못했던 터라 아침 녘에 까무룩 잠이 들어버렸다.

알랭은 네시에 잠에서 깨어났다. 누군가 문을 두드린 것이다. 라바르비네 박사였다.

"선생, 잠을 깨워 미안합니다. 충분히 휴식을 취해야 하는데."

"앉으세요, 박사님."

알랭은 침대 위에 누워 있었다. 박사는 깊은 잠에서 깨어나 삶으로 돌아왔을 때의 피폐함이 역력한 그의 얼굴을 보았다. 박사의 턱수염이 가볍게 떨렸다.

"지난밤 외박을 하셨더군요. 실수만 하지 않았다면 괜찮지만."

"아닙니다. 마약에 손대지 않았어요. 만날 사람이 있었거든요."

"아! 아주 좋아요."

박사는 흡족한 표정이었다. 여자들이 알랭을 마약에서 벗어나게 해주길 기대했기 때문이다.

그러나 그러기 위해서는 알랭이 여자들을 무척 좋아해야만 했고, 그가 알고 지내는 여자들 중에 적어도 한 명은 그의 정력에 대해 긍정적 평가를 해야만 했다.

알랭이 눈살을 찌푸리는 바람에 라바르비네 박사의 환한 표정이 사라져버렸다.

"다시 마약에 빠질 겁니다."

"아니, 그러면 안 됩니다."

"내가 그것 말고 다른 무슨 짓을 할 수 있겠습니까?"

"미국에서는 아직도 편지가 오지 않았나요?"

"오지 않을 겁니다."

"아니요, 올 거예요. 편지를 받을 겁니다. 끈기를 갖고 기다리세요."

"평생 기다리면서 살아온 처지지만 나는 끈기라곤 전혀 없는 사람입니다."

"뭘 기다렸는데요?"

"나도 모릅니다."

"하지만 지금은 뭘 기다리는지 본인이 잘 알잖아요. 당신도 부인을 사랑하고 부인도 당신을 사랑한다고 털어놓았어요. 당신이 중독에서 벗어나려 애쓰고 있다는 사실을 부인이 안다면 틀림없이 당신을 도와주러 올 거예요."

알랭은 박사가 부추기는 바람에 완쾌되었다고 호언장담하며 도로시에게 돌아와달라는 편지를 쓴 적이 있었다. 그는 리디아와 도로시에게 번갈아가며 도움을 기대했지만 누구의 도움도 확신하지 못했다.

"그녀는 내가 마약에서 벗어나지 못하리란 사실을 깨달았기 때문에 나를 떠난 거예요."

"하지만 지금 마약에서 벗어나는 중이잖아요."

"그렇지 않다는 걸 박사님도 잘 아시면서."

"내가 보기에 당신은 마약을 완전히 끊은 상태입니다."

"오래가지 않을 거예요. 오늘 저녁에라도……"

"적어도 부인의 답장을 기다리세요."

"그 여자는 답장을 보내지 않을 겁니다."

알랭은 이런 사람에게 속내를 털어놓았던 자기 자신이 한심하다고 느꼈다. 성직자 스타일의 이런 인간은 고객들을 보다 확실히 가짜 윤리에 붙들어 매두려고 위선을 떨다 진정으로, 또 실제로 선한 사람이 되어버렸다는 생각이 들었다.

선의를 빙자하여 알랭에게 충고를 늘어놓는 사실상의 이유는 두려움이었다. 그는 진짜 우울증 환자는 교묘히 피했고, 형편이 넉넉하고 안전한 만성피로증 환자에게만 매달렸다. 알랭과 같은 약물중독 환자를 받아들인 것은 오로지 아주 돈 많은 부인네의 열성적 추천 때문이었다.

게다가 알랭에게서 샤토브리앙, 콩스탕 같은 신사분과 유사한 우울한 멋쟁이를, 곁에서 주의 깊게 잘 살펴봐야 할 이 시대의 신비로운 젊은 세대의 어떤 전범을 보았던 이 수집광은 금세 알랭에게 압도당했다. 알랭은 그에게 두려움만 안겨준 것이 아니었다. 오히려 그 반대였다. 그는 알랭이 불쑥 그도 알 수 없는 어떤 발작을 일으킬까 전전긍긍했다. 그는 귀신에 홀린 듯한 커다란 눈알을 끊임없이 굴리며 주변을 살펴보았다. 알랭이 친절하고 점잖게 구는 순간에는 오로지 자신만을 위한 이 맞춤형 요양원에서, 혹은 불행히도 미친 아내가 함께 갇혀 있는 이 요양원에서 칩거하며 멀찌감치 거리를 두고 살았던 것들, 즉 삶과 사회 속을 배회하는 모든 위험한 힘을 알랭에게서 느꼈다. 알랭은 대체로 박사에게 상냥하게 굴었고, 박사는 그 점이 고마웠다. 그러나 의도적으로 무겁게 내리깐 눈 속에서 섬광처럼 조롱과 잔혹성이 나타날까 항상 두려워하며 마음을 놓지 못했다. 그는 알랭이 그의 마음에 오랫동안 치욕으로 남을 만한 어떤 말을 하리라는 막연한 느낌을 가지고 살았다.

그는 자신의 의학적 지식은 접어두고 마음의 평화를 위해 알랭이 별 어려움 없이 마약에서 벗어나리라 확신했다. 어쨌든 그는 알랭의 양호한 애정 상태가 낳을 효과에 큰 기대를 걸었다. 그가 그 미국 부인에게 편지를 쓰라고 등을 떠밀었던 이유가 여기에 있었다. 게다가 그의 요양소에서 다섯 주를 보낸 비용을 알랭보다 그녀가 확실하게 계산해줄 수 있었던 것이다.

"내 말을 들어봐요, 선생. 잘 생각해보세요. 당신은 여드레 전에 편지를 보냈어요. 답장이 오려면 아직 멀었어요."

알랭은 코웃음을 쳤다. 박사는 암울한 생각을 떨쳐버릴 요량으로 만사가 형통할 것 같은 미래 쪽으로 고개를 돌렸다. 알랭이 알고 지내는 모든 인간이 그의 앞에서 비슷한 모습을 보였다. 그들은 알랭이라는 현실로부터 도망쳤던 것이다.

"내가 편지에 뭐라고 썼든 간에 그녀는 믿지 않을 거예요. 2년 전에 결혼할 적에도 마약은 앞으로 손도 대지 않겠다고 약속했거든요. 그때는 완전히 중독된 건 아니었어요. 몇 달간 잘 버티다가 술독에 빠졌지요. 그리고 다시 약에 손대는 꼴을 보았거든요."

"하지만 지금은 잘 버티고 있지 않습니까."

"이것이 벌써 세번째 시도란 것도 잘 아시잖아요."

"지난번에는 진지하지 않았던 거지요."

"나는 진지한 것이라곤 해본 적이 없는 사람입니다."

"하지만 당신은 그런 것을 통해 배운 게 많습니다. 이제 중독의 끝이 어떻다는 건 아시지 않습니까."

"그거야 맞는 말입니다. 다시 중독되느니 차라리 죽는 편이 나아요."

"약물의 유혹에 대해서는 조목조목 잘 아시니까 더 이상 걸려들지 않을 겁니다. 게다가 이제 약을 먹어도 아무 효과도 없고 즐겁지도 않다고 하셨지요."

알랭은 어깨를 으쓱거렸다. 그것은 모두 사실이었고 모든 게 철저히 쓸데없는 짓이었다.

처음에 마약에 손을 댄 데는 별다른 이유도 없었다. 하룻밤 동침했던 작달막한 창녀가 코카인을 들이켰기 때문이었다. 이듬해에는 친구 하나가 마약을 해댔다. 그러고는 자신도 날이 갈수록 자주 약에 손을 댔다. 어떻게든 밤을 보내야 했기 때문이다. 그는 산만한 탓에 고정된 애인도 없었고 항상 외톨이였다. 술만으로는 금세 성에 차지 않아 곧바로 마약에 끌렸다. 그리고 만날 하릴없는 한량들이 모인 무리에 끼게 되었다. 그들은 아무런 할 일이 없었기 때문에 마약에 손을 댔고, 아무것도 할 수 없었기 때문에 마약을 끊지 못했다.

헤로인을 처음 접한 알랭은 화들짝 놀라 그것에 매료되었다. 사실 잠깐이나마 지상의 낙원이 있다고 믿은 적도 있었다. 지금은 그런 덧없는 환상에 코웃음을 친다.

친구 집에서 첫번째 심장마비가 와 뻣뻣해진 몸으로 바닥에 나가 떨어졌다. 미국에 가 있을 때였다. 그는 파리만큼이나 유혹이 없지 않았던 뉴욕에서 마약을 지속적으로 복용했다. 하지만 그때까지만 해도 아주 규칙적으로 복용하는 몸에 밴 습관성은 없었고 한동안 중단해도 견딜 수 있었다. 도로시를 만났을 때는 몇 개월 동안 그녀에게 거의 완전한 마약의 금욕을 선사할 수도 있었다.

그러나 다시 마약에 빠져들었고 불현듯 자신의 새로운 존재 위에 마약의 가혹한 발톱이 꽉 박혔음을 느꼈다. 필연적 규칙성과 빈도, 그리고 복용량의 점증. 게다가 유럽 여행 중 도로시에게 버림을 받자 두려움을 느끼기 시작했다. 그는 불현듯 마약이 온갖 술수를 부려 자신의 삶을 불가능하게 만드는, 자신의 의지로부터 완전히 독립된 요소임을 깨달았다.

그 순간 그는 의례적으로 요양소에 들어가 마약을 끊고자 했다. 거기에서 그는 자신이 철저히 몰락했다는 느낌을 받았다. 미친 사람들 사이에서 의사와 간호사들의 통제를 받다보니 그는 학교와 군대에서와 같은 원초적 굴종 상태로 몰락했다. 자신은 어린아이라고 자백하거나 죽어버리는 수밖에 없었다.

그리고 추상적이며 환상적인 해독의 상태, 다시 말해 마약을 전혀 하지 않는 순간에 도달하자 그제야 중독이 무엇인지 뚜렷이 인식하게 되었다. 육체적으로 마약으로부터 분리되었지만 그의 존재 안에는 그 효과가 여전히 남아 있었던 것이다. 마약이 그의 삶의 색깔을 바꿔버려서 마약은 떠났어도 색깔은 버티고 있었다. 마약이 그의 삶에 남겨둔 모든 것에 지금껏 그것이 배어 있어서 그를 다시 마약으로 인도하고 있었다. 어떤 몸짓을 하고 무슨 말을 하고 어떤 장소에 가고 누구를 만나도 연상 작용에 의해 마약이 떠올랐다. 모든 몸짓이 주삿바늘을 꽂는 데로 이어졌다(그는 헤로인을 액체 상태로 투여했기 때문이다). 그의 목구멍이 내는 소리마저 가슴속에 숙명만을 울려 퍼지게 할 뿐이었다. 그는 죽음에 감염되었고 마약은 죽음이었으며 이제 죽음에서 삶으로 귀환할 수 없었다. 그는 더욱더 죽음에 빠져들 수밖에 없었고 따라서 마약에 다시 손댈 수밖에 없었다. 마약에 다시 손대는 것을 정당화하는 사람들이 마약의 속삭임에 홀려서 내뱉는 궤변이 이런 것이다. 즉 나는 끝장난 사람이다, 따라서 다시 마약에 빠져도 된다.

마침내 육체적 고통까지 따라왔다. 그 고통은 거대했다. 그러나 진작부터 온갖 비굴한 방식을 동원하여 험한 인생에서 인공낙원으로 도주한 인간에게는 하찮은 고통조차 끔찍하게 느껴졌을 것이다. 그에게는 고통으로부터 자신을 보호해줄 법한 어떤 밑천도 고갈된 상태였다. 찰나적 감각에 몸을 맡기는 데 길들어 삶에서 선과 악, 쾌락과 고통이 상보하는 어떤 총체적 개념도 가질 수 없었던 그는 육체적 고통이 야기하는 정신적 당혹감 때문에 오래 버틸 수 없었다. 그래서 그는 다시 마약에 빠져들었다.

그런데 그가 되풀이하는 마약의 여러 단계가 이번에는 다른 빛깔,

칙칙한 빛깔로 보였다. 한 단계씩 떨어질 때마다 그것이 얼마나 초라한 함정이었는지 눈에 보였다. 생각했던 것과 달리 그것은 더 이상 감미로운 거짓말이 아니라 새로움이란 미명을 쓴 매력적인 가면 뒤에 자신을 숨기는 일이었다. 이제 할 일이 많은 악마는 되돌아온 고객을 심드렁하게 대한다. 그리고 케케묵은 우둔한 잔꾀를 부리며 이렇게 말한다. "오늘 조금만 하면 내일 조금 더 줄일 수 있을 거야."

일상의 단조로움을 불평했던 그가 일상을 관통하는 듯 보였던 지름길에서조차 단조로움을 발견했던 것이다.

또한 결정적으로 마약의 협소한 영향력도 인정해야만 했다. 그것은 "배가 부르네", "배가 부르지 않네"처럼 음식이나 건강 상태가 야기하는 것과 비슷하게 오로지 다소 높거나 다소 낮은 육체적 느낌에만 관련돼 있었다. 그의 감각은 이처럼 먹는 것에 대한 양자택일로 환원되었다. 그의 의식 속에는 일상생활에서 비롯된, 거짓된 가벼움으로 위장된 진부한 생각만이 부유했다. 마약을 복용하기 전에 최초의 불행과 더불어 그에게 찾아왔던 활기찬 유머, 게다가 열여섯 살 무렵 짧았던 젊은 시절에 만개한 전도양양한 몽상 같은 것은 더 이상 남아 있지 않았다.

결국 수영도 할 수 없고 오랫동안 바깥에 머물 수도 없었던 어느 여름, 그는 마약중독자들의 삶의 진면모를 명명백백하게 보았다. 방구석에 처박혀 꼼짝도 하지 않는 끝장난 인생. 커튼을 친 채 모험과 난관을 회피하며 이자놀이로 연명하는 하찮은 인생. 처녀성을 지키며 경건한 신앙심으로 뭉쳐 살다가, 종교에 대한 험담을 들으면 난리법석을 피우다 외면해버리는 심통 맞고 수다스러운 노처녀들 같은 틀에 박힌 일상.

두려움, 혐오감, 생동감의 찌꺼기. 리디아를 정복하거나 도로시를 재탈환할 정도의 상태로 몸을 추스르고 싶은 욕망. 둘 중 하나를 얻게 되면 따라올 돈. 이런 것들의 도움으로 마지막 남아 있던 힘을 끌어모아 재충전. 결국 라바르비네 박사의 집에서 해독 치료를 마무리하려는 마지막 시도.

"하지만 며칠 전만큼 불안해 보이지 않는군요. 아직도 불안을 끌어안고 사십니까?"

"불안을 끌어안고 사는 게 아니라 항구적 불안에 빠져 있지요."

"조금만 더 버틴다면 불안도 조금씩 풀릴 겁니다."

알랭은 이 위선자에게서 눈길을 돌렸다. 박사는 겁이 나서 눈이 먼 데다 돌팔이 의사들의 껍데기 지식마저 가지고 있었다. 그래서 거짓말을 밥 먹듯 해대는 것이다. 의지 자체가 병들었는데 어떻게 의지를 두고 왈가왈부할 수 있단 말인가?

사실 우리 시대의 커다란 잘못이 여기에 있다. 의사들은 사람들의 의지에 호소하는데, 의지란 잡다한 결심들로 인해 찢긴 것으로 결판이 났다고 선언하며 의지의 존재를 부정하는 것이 바로 의사들이 따르는 교조이다. 개인적 의지는 다른 세대의 신화이다. 문명에 의해 닳고 닳은 종족은 의지를 신뢰하지 않는다. 그런 종족이라면 아마 억압 속으로 도피할 것이다. 공산주의와 파시즘에서 부상한 독재 체제는 마약중독자를 매질하겠노라 공언했다.

"미국 여자처럼 건전하고 강인한 여자라면 이 모든 것을 잊게 해줄 거요." 박사는 걸핏하면 그런 말을 되풀이했다.

알랭도 결국 고개를 주억거리며 수긍하고 말았다. 어떤 사람도 자신의 습관이 야기할 마지막 결과를 뻔히 보는 명철함을 줄곧 유지할 수는 없는 노릇이니까. 그는 자신의 행동 하나하나에 희망과 환상을 부여하는 일상적 미망에 다시 떨어지고 말았다. 여자들만 있으면 모든 문제가 잘 풀리리라는 젊은 시절의 생각을 다시금 품게 된 것도 이 때문이었다. 그러나 이 젊음이란 것도 이제 시들어갔다. 서른 고개를 막 넘어섰으나 가진 것이라곤 잘생긴 외모뿐인 남자에게 서른 살은 고령이었다.

리디아가 떠나가면서 남긴 암울한 낭패감으로 인해 그의 마음은 도로시 쪽으로 향하고 있었다.

"뭘 해야 하는지 아시잖아요. 부인에게 전보를 치세요. 당신이 보낸 편지를 받고 부인도 감동했을 겁니다. 그런 느낌을 확고하게 심어주고 당신이 변치 않았다는 인상을 줘야 합니다."

"그게 무슨 소용이 있겠습니까?"

그러나 박사의 제안을 듣고 입가에 미소가 떠올랐다. 고약한 유머와 쉽게 요약되는 충동적 사랑에 끌리는 그의 취향을 만족시키는 전보의 형식을 그는 항상 매우 좋아했다.

"아니에요, 첫 배를 타고 오라고 전보를 치세요. 부인이 올 때까지 여기에 머무세요. 그리고 부인이 도착하는 즉시 남프랑스나 더 먼 곳으로 떠나세요. 파리로 간다거나 당신을 아프게 한 사람들을 다시 만나서는 절대 안 돼요."

"쳇! 전보를 보내거나 말거나. 전보라면 이번이 처음도 아니고 마지막 전보도 아닐 테고." 알랭이 큰 소리로 외쳤다.

그리고 혼잣말로 중얼거렸다.

"마지막 전보가 될지도 모르겠네. 최후의 전보."

박사는 어쨌거나 자신이 한 점을 따고 들어갔다고 느꼈다. 그는 그 여세를 몰아가려고 애썼다.

"요새 선생의 건강 상태가 좋은 편이니 이제 일도 둘러봐야 합니다."

"일이라." 알랭은 그의 면전에 대고 옅은 비웃음을 지었다. 그에게는 매일 끼니처럼 찾아오는 환상이 여전히 남아 있었던 것이다.

박사는 알랭의 기괴한 취향을 높이 평가했다. 그는 바이런에서 알프레드 자리에 이르기까지 오로지 과거의 기상천외한 사람들한테만 첫눈에 반해 그들을 숭배했다. 당대에 그들과 맞부딪쳤다면 그 시대의 다른 인간 무리와 마찬가지로 당황했을 텐데, 시간적 거리를 두고 보는 것이 그런 것들을 좋아하게 만드는 데 꽤나 도움이 된다는 사실을 어렴풋이 알고 있었다. 또한 한눈 팔다가 뒤통수를 맞지 않으려고 당대 사람들이 그에게 제시하는 그 어떤 것에도 돌팔매질을 자제했다.

알랭은 다시 자리에서 벌떡 일어나 벽난로 장식을 부러운 시선으로 바라보았다. 그는 이 모든 것을 사랑하고 싶었지만 도무지 그럴 수가 없었다. 그러나 이런 황당한 대상까지 시선을 붙잡아둘 수 있다는 사실이 그가 하루빨리 이루고 싶은 일이 존재한다는 증거처럼 보였다.

"내가 보기에 가게를 차린다는 당신 생각은 아주 훌륭해요. 그 계획에 살을 붙이는 일에 당장 매달리셔야 합니다. 많은 사람이 그런 물건들을 좋아할 거예요."

알랭의 황당무계한 여러 계획 중에는 파리나 뉴욕에 오래되고 구질구질한 엉뚱한 물건들을 끌어모아 가게를 열고자 하는 계획이 있었다. 막판에는 아예 천박한 장사치로 변한 서민층 대상의 사업가들이 지난 반세기 동안 부각시켜왔던 물건들이었다. 몇몇 예술가들의 복고 취향 덕에 왜곡되었던 이 물건들은 1920년대의 세련된 사람들을 매료시키곤 했다. 그래서 알랭은 미니어처 회전목마, 감상적이거나 음란한 그림엽서, 유리구슬, 유리병에 넣은 미니어처 범선, 밀랍인물상 등등 잡동사니를 아주 비싼 값에 팔 생각을 한 적이 있었다.

그러나 가게를 열려면 밑천을 구해야만 했다. 누구에게 부탁해야 할까? 손 벌릴 수 있는 친구는 하나도 남아 있지 않았다. 머릿속으로 막연히 이런저런 계획을 세워보았지만 계획에 조금이라도 뼈대를 부여하는 일에는 전혀 진전이 없었다. 예컨대 그는 파르누 양이 그의 운명에 관심을 갖도록 만들 수 있을 것이다. 하지만 그녀는 수입의 전액을 쏟아붓지도 않을 테고, 급진적 성향의 신문 한 부, 러시아 이주민 두세 명, 싫증이 나서 내쫓아버린 그녀의 몇몇 하인들을 보태주는 것으로 자선 행위를 빠듯하게 제한할 것이다.

게다가 알랭은 수년간 지속된 이런 낡은 유행도 조만간 사그라지리란 점도 우려했다. 그는 이 복잡다단한 시대에는 아무것도 그냥 지나가지 않고, 모든 낡은 유행은 한 유행에 다른 유행이 겹치면서 지속되리란 사실을 모르고 있었다. 흑인 가면이나 입체파 그림을 수집하는 사람들도 있지만 여전히 르네상스나 18세기에 매달리는 충직한 사람들도 있게 마련이다. 현대적인 스타일이나 제2제정기의 잔재를 끌어모으는 사람들도 있다. 따라서 그는 일을 과감히 진척시킬 수도 있었지만 그럴 만큼 뻔뻔하지 않았다. 박사는 내친김에 이야기를 계속했다.

"예를 들면 거울의 문양처럼 모든 것을 취급해야만 할 거예요. 심리학적 그림이 있는가 하면 곤충학적 그림도 있잖아요."

알랭이 갑자기 비웃음을 흘렸다. 박사는 화들짝 놀라 고개를 돌렸다. 오래전부터 그가 걱정했던 일이 일어나고 말았다. 단정했던 얼굴이 비웃음으로 일그러졌다. 해독 치료 덕분에 좋은 안색으로 위장되었던 얼굴은 신경질적 표정 탓에 깊게 파이고 구겨졌다. 마약으로 인해 말라비틀어진 얼굴의 본색이 다시 드러난 것이었다.

"내 생각이 마음에 들지 않나요?"

"그래요."

"이상한 사람이군요! 자, 나 때문에 피곤하신 거 같네요. 가보겠습니다."

"네, 나도 옷을 입어야겠어요. 외출할 겁니다."

"뭐라고요? 다시 나가겠다고요?"

"네, 돈이 생길 거 같아요."

"아! 그렇다면 문제가 다르죠…… 하지만 나중에 나가도 되지 않을까요. 게다가 지금은 너무 늦은 시간인데."

"그렇긴 하지만 바로 그 가게 때문에 약속이 있거든요."

"그러면 또 동틀 무렵에나 돌아오시겠군요."

"아니에요, 아닙니다."

아니라고 말하면서도 그 말이 맞다는 사실을 알랭은 굳이 숨기려고 애쓰지 않았다. 그는 죽음으로 통하는 문을 열어두는 박사의 관대한 태도를 원망했고, 오기가 나서 그 관대함을 더 보여달라고 억지를 부리고 싶었다. 박사가 자신과 공범이 되도록.

박사는 알랭이 오기를 부리고 있음을 느끼자 매우 거북했다. 왜냐하면 이 평화로운 요양소에서 그는 털끝만치도 권위를 내세워본 적이 없었기 때문이다. 알랭에게 불행이 닥칠지도 모른다는 두려움에 용기를 낼 수도 있었겠지만, 그는 알랭의 무모함만큼이나 그의 냉소를 두려워했다. 산다는 게 좋다는 주장을 하기에는 든든한 논거가 없다는 느낌이 들었던 터라 박사는 알랭에게 감히 반박도 하지 못했다.

박사는 알랭을 보지도 않고 불쑥 그의 손을 툭 치더니 도망쳐버렸다.

알랭은 커튼을 치고 불을 켠 다음 외출하려고 옷을 입기 시작했다. 도로시의 전남편이 남겨준 위자료를 그녀와 함께 플로리다와 남프랑스 해안에서 탕진했던 호시절의 흔적이 남아 있는 옷장을 뒤적거리는 일은 여전히 즐거웠다.

고독한 남자, 그는 마술사다. 그는 마이애미 혹은 몬테카를로에서 멋진 속옷이 가득 든 트렁크를 열고 담배를 피우며 새 넥타이를 맸다. 그의 향수병과 빗 그리고 침대 위에 던져놓은 실내복이 우중충한 호텔 방에 사치스럽고 환한 분위기를 자아냈다. 호주머니에는 달러가 넘쳐났다. 밤이 열리고 온갖 사랑의 묘약이 넘쳐흐르고 모든 남자, 모든 여자가 그를 사랑할 것이다.

마약은 모든 접촉을 끊고 모든 시련을 회피하며 미동도 하지 않고 상상의 세계에 빠지도록 그를 부추겼다.

그는 하얀 삼베 셔츠, 캐시미어 정장과 두터운 모직 양말을 골랐다. 모두 한결같이 회색빛이었다. 거기에 붉은색 바탕의 넥타이. 넥타이는 친구 뒤부르에게서 훔친 것이다. 예전에는 장난삼아 훔치는 거라고 생각했는데 이제 보니 욕심 때문이었다. 그는 굵은 실로 박음질한 두꺼운 가죽 구두도 꺼냈다.

그는 서두르지 않고 몸짓 하나하나에 뜸을 들였다. 그는 자신의 욕망을 예민하게 곤두세웠다.

그런데 이 욕망이 지나치게 추상적으로 흐른 나머지 거의 혼자 만족하고 말 수도 있었다. 그의 방탕은 순수하게 정신적인 것이리라. 세계를 소유하려는 그의 행위는 그저 몸짓 하나로 그칠 테고 그 몸짓은 세상까지 이어지지도 않을 것이다. 그는 몸에서 팔을 겨우 떼었다가 곧바로 늘어뜨릴 것이다. 그리고 팔에 마약 주사를 찌를 것이다. 하지만 그의 삶을 빚어낸 희망과 신뢰의 습관이 너무 강해서 오로지 몸짓 하나에 그치지 않는다는 시늉을 할 것이다. 여기저기 돌아다니고, 사람들에게도 다가가고, 마치 그들에게서 뭔가를 기대하고 그들과 삶을 공유하길 원한다는 듯 말도 걸 것이다. 그러나 실제로는 모두 물거품이 되리라. 속된 사람들이 믿는 것과는 반대로 허깨비는 손에 만질 수도 없을뿐더러 공허할 뿐이다.

욕망을 너무 뜸들이다보니 그것은 결국 우물쭈물 주춤거리기만 할 따름이었다.

옷을 반쯤 입은 그는 옷장의 와이셔츠 사이에서 작고 예쁜 가방을 꺼냈다. 가방 속에는 주사기가 몇 주 동안 고이 잠들어 있었다. 잠시 동안 주사기를 만지작거렸다. 그러다 더럭 겁이 나서 주사기를 내려놓았다. 조금 전까지 그는 이 몰락의 길로 가겠다고 굳게 다짐했지만 마지막이 될 이 추락이 그를 어디로 이끌지 눈에 뻔히 보였다. 그는 트렁크에서 권총을 꺼내 주사기 옆에 올려놓았다. 이제 이 둘은 바늘과 실처럼 따로 떨어질 수 없었다.

푸릇푸릇한 젊은 시절부터 이런 것을 원했던 것은 아니다.

그 시절에도 자살을 입에 달고 살았다. 그러나 이렇듯 살인마저 염두에 두게 된 것은 그것이 의지에 따른 자유로운 행위이기 때문이다. 이제 이 멍청하고 기이한 힘이 필경 생명력의 폭발로 인해, 모든 것을 빌미 삼아 강렬하게 부풀어 오른 희망으로 부활해서 병자들의 단조로운 복도를 거쳐 때늦은 죽음 쪽으로 그의 어깨를 떠밀었다. 이 모욕적인 힘의 변화를 느끼며 그는 이 최후의 요양소에서 머뭇거렸다. 어떤 짓을 하든 간에 그것이 자신에게 사형선고가 되리라는 사실을 알기에 그는 어떤 짓도 저어하며 꼼짝도 하지 않고 힘없이 주저앉아 있었다.

그런데 이제 그가 행동을 하고 있는 것이다. 그는 외출을 하려 했고 벌써 넥타이를 맸다. 거울 속에 비친 자신의 모습을 잘 보려고 두 팔을 내리고 우물 속을 들여다보듯 몸을 수그렸다. 매듭 모양새가 마음에 들지 않아 넥타이를 풀어 내던졌다. 우물물은 잔잔했다. 그는 이 외면적 부동성에 자신의 모습을 고정시켜 머지않아 해체될 자신의 존재를 거울 속에 붙잡아두고 싶었다.

해체는 이미 상당히 진전되었다. 열여덟 살 때의 알랭은 아름다움이 감도는 단정한 얼굴을 지니고 있었다. 그 아름다움은 그에게 하나의 약속처럼 보여서 그 약속에 스스로 도취되곤 했다. 당시에 어떤 데에 들어갔더니 여인들이 화들짝 전율했던 것이 기억났다. 특히 넓은 얼굴 윤곽에 뭔가 굳은 결의가 엿보여서, 질펀한 밤을 보낸 아침에 자신의 얼굴을 보며 자부심을 느끼기도 했다. 그런 외모를 근거로 그는 오랫동안 죄의식 없이 살기도 했다. 그러나 지금은…… 물론 단단한 골격은 바탕에 남아 있었지만 이마저도 화재로 비틀어지고 울퉁불퉁해진 철근처럼 변해버린 느낌이 들었다. 아름다운 콧날의 선도 구부러져 있었다. 움푹 팬 두 눈 사이에 끼인 콧날은 당장 부러질 기세였다. 확고한 도전 정신을 부각시켰던 예전의 선명한 턱선은 흔들리고 흐릿한 나머지 더 이상 위엄이 없다. 관자놀이와 광대뼈 사이의 눈 주위도 예전과 달리 또렷하지 않다. 무엇인가 퇴폐적인 것이 그의 세포 구석구석까지 퍼져 온몸을, 심지어 눈에 붙은 살까지 천박하게 만들었다. 어려운 해독 치료 과정에서 쌓인 누런 기름기마저 아직은 생명, 그리고 존재의 과잉이었다. 그의 얼굴은 2, 3년 전부터 약간이라도 비웃거나 조금만 인상을 쓰면 끔찍하게 마른 몰골, 살이 꺼진 참혹한 형상을 드러냈다. 마치 살아 있는 사람을 재료 삼아 조각하기 시작한 데스마스크 같았다. 그는 7월부터 그를 너무도 깊숙한 데까지 갉아먹은 이 잿빛 우울, 이 어둠이 여차하면 다시 나타나리란 예감이 들었다.

그는 거울을 통해 어깨 너머 쪽을 바라보았다. 텅 빈 방, 이 고독…… 그는 허리 깊숙한 곳에서 시작해서 골수까지 파고들어 그를 사로잡는 전율을 느꼈다. 머리에서 발끝까지 얼음장 같은 벼락을 맞은 듯했다. 그에게 죽음은 철저히 현재형이었다. 그것은 고독이었고 알랭은 고독을 칼날 삼아 삶을 위협했으나, 이제 칼끝이 뒤집혀 그의 창자를 꿰뚫었다. 이제 아무도 없었고 어떤 희망도 없었다. 돌이킬 수 없는 고립. 뉴욕에 있는 도로시는 그의 편지를 불 속에 던져버리고 자기를 붙잡아 보호해줄 건전하고 돈 많은 남자와 춤을 추러 나갔다. 배에 탄 리디아도 제비족들에게 둘러싸여 있다. 11월의 무서운 밤 속으로, 북극 바람에 채찍질당하는 무서운 검은 심연 속으로 떠밀려가는 호두 껍데기 같은 배의 모습을 떠올리며 그는 더욱 몸을 떨었다.

친구들? 그가 다시 타락하여 자기들 곁으로 오길 기다리며 야비한 웃음을 짓는 무리. 또 다른 무리는 삶에 대한 믿을 수 없을 만큼 강렬한 애착에 이끌려 그에게 등을 돌렸다. 부모? 그는 일찌감치 그들로 하여금 더 이상 아들이 존재하지 않는다고 믿게 만들었다. 그는 부모와 함께 살던 시절에 그들에게 정겹게 대했기에 그들은 그의 부재를 더욱 당혹스럽게 느꼈다. 부모에게 자신의 존재를 보증할 법한 모든 생각과 행동을 단호히 삼가면서 그들의 시야에서 물러났다. 대학 입학 자격시험도 거부했고, 직업도 모두 태평스레 외면해버렸으며, 나중에 부모가 돈줄을 끊을 수밖에 없게 된 순간까지 고액은 아니었지만 그들이 줄 수 있는 액수보다는 항상 약간 넘치는 액수를 당당히 요구했다. 그러다가 그들의 눈에는 괴이하고 비인간적이며 악의적인 수상한 세계, 다시 되돌아올 수 없는 세계 속으로 빠져들었다. 그리고 그가 이따금 부모 곁으로 가도, 살아 있는 사람들의 세계에 대해 끔찍할 정도로 무심한 이 그림자, 죽은 사람처럼 거리를 두고 하찮은 연민으로 부모를 바라보는 이 낯선 아들에게 부모는 할 말도 없었고 어떤 감정도 느끼지 않았다.

따라서 그는 마약의 차가운 정점에서 홀로 죽어야만 했다.

그는 책상 서랍으로 다가갔다. 그리고 이 고독에서 벗어나기 위해 독실한 신자가 성화를 만지듯 조심스레 도로시와 리디아의 사진을 꺼냈다. 그러나 그는 리디아의 사진은 보지 않았다.

그는 도로시를 너무 늦게 만났다. 그녀는 그의 모든 약점을 보완해줄 아름답고 착하고 돈 많은 여자였다. 그러나 그의 약점은 이미 돌이킬 수 없었다. 너무 오랫동안 기다린 탓이었다.

여자들의 호감을 얻고 온갖 부류의 여자들을 만날 때도 그는 그저 멀리서 바라보며 기다리기만 했던 십대 시절의 습관을 버리지 못한 터라 여자들에게 대뜸 몸을 던져 매달릴 줄 몰랐다. 건강했고 아주 미남이었던 스물다섯 살 때까지 내내 여자의 말 한마디, 몸짓 하나에 낙담했다. 조만간 여자의 관심이 사라질까봐, 아니면 그 여자를 오래도록 좋아할 수 없을까봐 두려워 순간적인 객기로 장난삼아 밖으로 뛰쳐나갔다가, 문턱을 넘으면 곧이어 독한 회한의 취기가 뒤따랐다. 그런 탓에 여자들이나 자신의 마음이 움직였던 적이 없었고 육체의 경험은 더더욱 없었다.

뉴욕으로 떠났을 때 다시 환상이 부풀어 올랐다. 그래서 돌연 모든 것이 쉬워 보였다. 프랑스 여자는 헤픈 여자든 아니든 간에 한 번 건드렸으면 곁에 붙어 있길 바란다. 그 대가로 지속적인 헌신을 할 준비가 되어 있다. 조심스럽고 유익한 관계다. 알랭은 이런 사랑과 관능의 요구에 질겁했다. 반면에 미국 여자는 남편감을 구하는 경우가 아니라면 멍청한 관계에도 쉽게 만족한다. 교양이 없고 성급하고 넉넉한 미국 여자는 사랑을 할 때 자신에게 제공된 것의 질적 수준에 대해 까탈을 부리지 않았다. 알랭은 술과 마약의 도움으로 이 헤픈 접촉에 과감히 뛰어들었다. 하지만 대단한 것을 배우지는 못했다.

도로시를 만났을 때 그의 절망은 매우 깊었다.

게다가 그가 여자들로부터 멀어질 수밖에 없었던 또 다른 이유가 있었다. 그가 품고 있었던 돈에 대한 생각 때문이었다. 천성적으로 사치스러운 것에 끌렸던 그는 항상 돈 많은 여자들과 상대했다. 그런데 그는 그런 여자들의 매력은 부분적으로 돈에 의해 만들어졌음을 머릿속으로 끊임없이 되뇌었다. 갈수록 극복할 수 없는 고립 속에서 좌절감에 빠질 때마다 그런 생각이 들었다.

그가 진심으로 사랑했던 도로시를 마주하면 그런 생각은 참을 수 없는 고통이 되었다. 그녀가 다정했기 때문이다. 그의 망설임은 자신을 겨냥한 독한 냉소로 표출되었다. 어느 날 저녁 그는 이렇게 말했다.

"내가 당신을 사랑하는 걸 보니 당신은 부자임에 틀림없군요."

그녀는 아주 진지하게 대답했다.

"저런! 저는 그리 부자가 아니랍니다. 미안하군요."

그녀는 알랭의 회한을 전혀 이해하지 못했다. 왜냐하면 그녀는 돈은 당연히 있는 것이라고 생각하는 사람들밖에 알지 못했기 때문이다. 아버지들은 돈을 벌기 위해 일을 했지만 아들이나 딸은 그런 사실을 기억하지 못했고, 친구나 친척은 돈이 없는 사람이 돈을 얻는 유일한 수단을 결혼이라고 생각했다.

그녀가 그런 생각을 굳히게 된 것은 모든 안락함을 당연하게 여기는 알랭의 귀족적 풍모, 그런 것을 자아내는 그의 오만한 변덕 때문이었다. 자신이 알랭보다 덜 지적이며 덜 세련되었다고 생각한 그녀는 돈만이 자신을 변명해주리라 믿었다. 가진 돈이 부족해서 미안하다고 했고 그에게 돈을 퍼주려고 했다. 그녀는 꽤나 부자였던 전남편이 남긴 위자료, 그리고 아버지의 유산 중 쓰지 않고 남겨두었던 것을 알랭과 함께 먹는 데에 썼다.

그런데 알랭은 그리 큰돈이 필요하지는 않았다. 평균적인 부르주아와 비슷하게 어릴 적에 누렸던 정도, 그러니까 부모의 재산보다 살짝 더 많은 정도의 재산을 원했을 뿐이다. 빚도 아주 조금 있었다. 하지만 그는 허황된 체면을 유지해야 했고 부인에게 신세 지는 것을 원치 않았다. 두 사람은 서로 뒤질세라 써대는 바람에 금세 불편하다고 할 만한 지경에 이르고 말았다. 설상가상으로 여기에 다른 어려움이 겹쳤다.

도로시는 알랭이 끊임없이 자기 자신과 자기 행동을 비하하는 이유를 도무지 이해하지 못했고, 위트도 상상력도 없는 그녀를 사랑하는 자신을 스스로 경멸하는 것이라 믿었다. 그녀는 자기가 겸손한 태도를 취하면 알랭이 고마워하리라 생각했다. 심지어 굴욕적 자세까지 취했으나 알랭은 그런 태도를 위선이라고, 그의 속셈에 대한 영악한 반박이라고 여겼다. 그녀는 돈의 방패 뒤에 숨어 자기 자신을 지워버리는 시늉을 했다. 그가 그녀에게 바라는 것이 그런 태도였기 때문이다. 알랭은 속셈이 드러났다고 믿었고 원한만 쌓여갔다.

두 사람 사이에 관능적 친밀감이 있었다면 그런 오해를 피해 갈 수도 있었겠지만 알랭은 그럴 수 없는 처지였다. 이 퇴폐주의자는 관능에 무지했고 자신이 무지하다는 느낌이 그를 더욱 위축시켰다. 게다가 그는 첫 남편이 거칠게 대한 탓에 외로운 잠자리에 은거했던 도로시가 보여준 수줍은 태도에 당황했다. 그는 그녀를 서툴게 품었고, 서툰 자신을 보며 문득 자신의 삶이 믿을 수 없을 정도로 황량했음을 깨달았다. 그는 해본 것이 아무것도 없었기에 무엇을 해야 할지 몰랐다. 그는 도로시의 곁에 누워 참담함에 밤새도록 몸을 떨었다. 그녀는 분명히 그의 아내였지만 너무 빨리 지나가는 황망한 순간에만 그의 아내였다. 울며 불며 거창하고 괴팍한 고백을 토해내야 마땅했지만 그럴 수 없었다. 그러니 자연스레 신경질만 났고 이를 갈았다. 그가 마약에 다시 매달린 것도 그 때문이었다. 그를 사로잡는 수치심을 망각하고 싶었다.

도로시도 조금씩 분통을 터뜨렸다. 아무런 보상도 없이 망가지는 자신을 보았다. 두서너 차례 도피를 시도했지만 사랑과 연민 때문에 발길을 돌렸다. 그러다 마침내 도망에 성공했다.

알랭은 그에게 진정한 삶의 기회였던 이 만남이 깨지도록 방치했다. 다시 빠져든 마약이 그의 모든 두려움을 완화시켰고, 그사이에 불쑥 등장한 리디아가 막연하고 새로운 희망을 품도록 부추겼기 때문이다.

그러나 이제 그는 도로시의 진정한 가치를 깨달았다. 그는 자신이 그녀에게 여전히 어떤 힘을 행사할 수 있고 노력만 한다면 그녀를 되찾을 수 있으리라 신심으로 믿었다. 그리고 그가 느꼈던 마음의 동요가 전달되지 않았다는 사실을 믿을 수 없었다. 사진 속의 그녀는 무척 착해 보였다. 그녀의 입은 그녀의 눈이 했던 이야기를 그에게 되풀이해주었다. 그것은 수줍은 사랑이었다. 그녀의 여린 젖가슴, 그의 탐욕스러운 손과 손가락을 피했던 그녀의 살결도 똑같은 이야기를 하고 있었다.

전보를 쳐야만 했다. 죽음은 지금 그에게 무겁게 다가왔고, 이런 식의 죽음을 그는 원치 않았다. 살점이 하나씩 사라지면서 해체되는 것을 원치 않았다.

그는 넥타이를 풀고 셔츠도 벗은 후 가운으로 몸을 감싸고 책상에 앉았다. 그는 종이 한 장을 꼼꼼하고 느린 동작으로 앞에 펼쳐놓았다. 그 꼼꼼함이란 그의 삶에서 드물게 허용된 작은 행동에 기울이는 꼼꼼함이며, 그 느림이란 글을 쉽게 혹은 능숙하게 쓰지 못하는 사람들의 조심스러운 느림이었다.

그는 초고를 쓰기 시작했다.

부디 전보로 회신 바람. 당신이 필요함. 촌각을 다투는 일.

아니다, 이건 아니다, 너무 비극적이다.

당신의 애인이 파리에 있어요.

지나간 모든 일을 돌이켜보면 이것도 아니다. 파리에서 체류하던 어느 날 저녁 홀로 밖으로 나가, 부재했던 부부 생활에 대한 허망한 보상을 찾아 창녀촌으로 달려갔던 일이 떠올랐다. 다시 돌아왔을 때 그녀는 자기 방에 있었고, 그가 옷을 벗자 그녀의 코앞에 드러났던 것은 남편의 양쪽 가슴에 남아 있던 립스틱 자국.

그 기억이 너무 처참해서 흥분이 대번에 사라졌다. 그는 맥이 풀려 펜을 내려놓았고 파리에서 그를 기다리는 마약을 다시 생각하게 되었다.

하지만 하얀 백지가 그에게 한 번 더 애를 써보라고 독촉했다.

끈기와 희망을 갖고 당신의 편지를 기다림.

담담한 문장이었고 그것이 현명하고 안전한 듯 보였다. 그는 이 정도에서 끝내기로 결심했다. 그는 흡족해하며 이 문장을 다른 종이에 옮겨 적었다.

평생 동안 알랭은 하나의 목표를 위해 이토록 지속적으로 행동을 취해본 적이 없었다. 그러자 곧바로 그런 행동이 기록된 종이에서 존엄성이 흘러나왔다. 꽤 오랫동안 그의 삶에 어떤 것이 생겨나고 있었고, 그는 이 어떤 것을 중심으로 모든 것을 다시 구축할 요량이었다. 다시 매달리고 다시 세우고 다시 매달릴 것.

그는 일어나 종을 쳤다. 하녀가 왔고 그는 소중한 전보문을 그녀에게 건넸다. 당장 우체국에 가라는 말을 흥분된 어조로 지나치게 강조해 말했고, 아침에 택시비를 내려고 수위한테 꾼 수백 프랑 중 남은 돈을 그녀에게 몽땅 주었다.

그런 다음 다시 홀린 기분으로 책상으로 갔다. 그는 인간 삶의 모든 뿌연 힘을 끊임없이 낚아채고 끌어모으는 그물망과 같은 글쓰기의 위력을 얼핏 엿본 것이다. 그는 잠금장치가 달린 작은 가방을 꺼내 항상 소지하고 다니는 자그마한 열쇠로 가방을 열었다. 그 안에는 글자가 빽빽이 적힌 종이 몇 장이 잠자고 있었다. 그중 하나에 "차표 없는 여행자"라고 적혀 있었다. 그것은 백지의 빈 공간에 문장 하나, 문단 하나, 단어 하나가 가늘게 늘어진 몇 줄의 불확실한 문장으로 된 초고 상태의 고백록이었다. 종잇장을 넘겼다. 평소보다 사뭇 덜했지만 두려움과 억압이 느껴졌다. 글만 쓰려고 하면 몸이 굳었다. 비록 자신의 영혼이 창백하지 않더라도 그것을 표현하려면 우선 영혼을 자제하고 억압하는 노력을 기울이고 고통을 겪어야 한다는 사실을 그는 여전히 모르고 있었다.

시작했다가 머뭇거리고 샛길로 빠지는 글을 몇 장 다시 읽어보았다. 허점이 보였다. 이 얄팍한 글에 더해지고 포함되어 살아나길 바라는 미세한 어떤 것들이 진저리를 치고 있었다.

알렝은 펜을 들고 주저하다가 종이에 과감히 글을 덧붙였다. 그가 삶에 가까이 다가가는 감동적인 순간이었다. 그는 예전에 스쳐 지나갔던 작가들한테서 문학을 경멸하는 법을 배웠다. 그는 이런 태도에서 자신의 경박성과 나태에 어울리는 최소한의 저항 노선을 찾았다. 하긴 산송장 같았던 그는 타당한 경멸감을 느끼며 문학이라 이름 붙였던 것 말고 다른 길이 있음은 상상할 수 없었다. 그 경멸을 가르쳐준 사람들이 몸 던져 매진했던 것도 다름 아닌 목적 없는 행위, 바로 문학이었다. 인간이 자신의 성격과 지향점을 정하기 위해서는 예술을 필요로 한다는 것, 그리고 이를 위해서는 보다 심오한 탐구가 필요하다는 것을 그는 전혀 모르고 있었다. 그는 자신도 모르는 사이에

본능의 충동에 이끌려 원치 않았던 어떤 길에 들어섰고, 그 길의 끝에서 그가 언제나 비껴갔던 심오한 신비와 만날 수도 있었다. 예기치 못하게 글쓰기의 효능을 느낀 순간부터 이 세상에 질서를 부여하며 자신의 숨통을 틔워주는 글쓰기를 해볼까 하는 궁리를 할 수도 있었다. 난생처음으로 그는 감정에 질서 비슷한 것을 부여했고, 그러자마자 조금 숨통이 트였다. 비록 단순하지만 정돈되지 않은 탓에 흐릿하고 옹이 졌던 감정 때문에 답답했던 호흡이 풀렸다. 제대로 살펴보지도 않은 채 이 세상은 헛것이며 아무런 알맹이도 없다고 단정 짓고 모든 것을 포기하는 우를 범했던 자신을 얼핏 보게 될 것인가?

그러나 그는 금세 지쳤다. 두세 장을 더 보탰는데 이만큼 많이 쓴 적이 없었다. 욕망의 얄팍한 짐을 실은 작은 대상(隊商). 그는 그것에 자신의 존재 이유를 부여할 수도 있었지만 너무도 오랫동안 그것을 종이의 사막 한가운데에 방치했다. 다시 움직이게 하자마자 멈추게 하고 하얀 백지에 주저앉게 방치했다.

펜을 놓으며 그는 다음 날 다시 손을 보리라 생각했다. 그러다가 화들짝 놀라 손목시계를 보았더니 일곱시였다. 파리에 가기에는 너무 늦은 것 같았다. 그는 조금 굼뜬 데가 있어서 한자리에 그냥 주저앉아버리곤 했다. 그는 자리에 누워 침대에서 저녁 식사를 하고 책이나 조금 읽으리라 마음먹었다.

친구 뒤부르한테서 전화가 왔고, 알랭은 다음 날 그의 집에 가서 저녁을 먹겠노라 흔쾌히 약속했다.

다음 날 아침 열한시 반경 라파예트 백화점 배달부 두 명이 노란 대형 트럭에서 내려 카랑트수 길가에 있는 작은 구멍가게에서 식전주를 마시고 있었다.

위아래로 회색 옷을 차려입은 남자가 들어섰다.

그는 잘 차려입었지만 행동거지가 묘했고 안색이 아주 나빴다. 대놓고 마주 보기는 거북했지만 심술궂은 악마처럼 보이지는 않았다.

그는 영국산 담배를 찾았다. 주인 남자가 그런 담배는 없다고 했다.

"그런 것도 가져다놓으셔야죠." 알랭은 상냥하지만 신경질적인 어투로 말했다.

"여기에서는 찾는 사람이 없소이다."

"한 번이라도 산 사람이 있으면 되지요."

"한 번으론 충분치 않아요. 상품이 상하니까요."

"내가 통째로 살 수도 있어요. 아무튼 나 같은 사람이 오리란 생각은 못 했겠죠. 페르노 한 잔 주세요."

야릇한 대화였다.

알랭은 남자가 국민 술을 따라주는 동안 카운터로 다가가 두 배달부를 멍하니 바라보았다. 그는 술을 단숨에 비운 후 다시 한 잔을 더 주문했다.

그리고 배달부들에게 물었다.

"파리로 올라가십니까?"

"네."

"저를 태워줄 수 있나요?"

"금지되었습니다."

"그러리라 생각했어요. 내가 한잔 사겠습니다. 주인장, 여기 두 잔 더 주세요."

그는 그들과 함께 술을 마셨고 그들의 차에 올라탔다.

파리에 가서 무엇을 하려는 것일까? 뒤부르와 식사하는 일, 그게 다일까? 수표도 손에 넣게 될 것이다. 그다음에는? 그리고……

잠에서 깨어나 침대에서 책상 위의 종이를 보았다. 전날 밤의 감동은 사라졌고 어떤 충동도 일지 않았다. 그는 대뜸 더는 글을 쓰거나 생각하지 않기로 결심했다. 그와 동시에 그런 변화가 뒤부르의 식사 초대 때문이라고 둘러댔다. 잠에서 늦게 깼는데 겨우 옷 입을 시간만 남아 있었기 때문이다. 그는 박사를 피해 슬그머니 빠져나왔다.

두 배달부는 알랭 때문에 위축되었다. 조금 겁도 먹었는데 인적이 드문 위험한 길로 들어섰기 때문이다.

"이 근처에서 일하시나요?" 한 배달부가 물었다.

"나는 일을 안 해요."

"집세를 받아 사시나보죠?"

"아니요."

알랭은 이 난처한 질문에 친절하게 대답해주었다. 배달부는 알랭이 자신을 무시하고 있다고 생각하지 못했다.

"몸이 아파요."

"아! 그렇군요."

"그런데 어디가?"

"그러고 보니 안색이 좋지 않군요."

"안색이 형편없다고 말해도 괜찮아요."

"독가스에 중독되었나봐요."

"가스요? 네, 가스에 중독되었었죠."

"그게 고약하지만 가끔 회복되기도 하더군요. 제 친구도 몽디디에 전투에서 가스를 맡은 적이 있거든요."

"전쟁 이야기는 하지 맙시다."

배달부는 즉각 입을 다물었다.

알랭의 얼굴에서 호인 같던 표정이 사라졌다. 그는 "모두 똑같군"이라고 중얼거렸다.

"뭐라고요?" 아직껏 한마디도 하지 않았던 배달부가 말했다.

"오! 아무것도 아닙니다. 혹시 돈이 없어서 고생스럽진 않으세요?"

"아! 참!"

"내 경우에는 그것 때문에 고생스럽거든요."

"당연하지요. 일을 하지 않으시니 돈이 없겠죠."

배달부들은 알랭이 입은 양복을 당혹스러운 눈빛으로 바라보았다.

"내가 당신들만큼이나 가난하고 심지어 건달이라는 걸 알면 놀라시겠죠."

"하지만 아주 유복해 보이는데요."

"그렇게 보이는 것뿐입니다."

배달부는 더 이상 캐묻지 않았다. 그러나 알랭이 우연히 만난 상대인 자신보다는 알랭 자신을 비하하고 있다고 생각했기 때문에 불쾌한 기분은 들지 않았다.

파리에 진입하자 알랭은 그들에게 20프랑을 주고 차에서 내렸다. 그는 라바르비네 박사의 요양원 수위 코앞에 수표를 흔들어 보이고 100프랑을 또 꾸었던 터였다.

알랭과 헤어지자 배달부들은 후련하면서도 착잡했다.

알랭은 택시를 타고 트러스트 은행으로 가서 예쁜 새 지폐 열 장을 손에 넣었다. 습관대로 리츠 술집에 들러 미국 집안의 아들들과 악명 높은 사기꾼들 사이에 끼어 마티니를 마셨다. 그리고 뒤부르의 집으로 갔다.

뒤부르는 게네고 거리에 있는 고풍스러운 저택의 고층에 위치한 작은 집에 살았다. 전기와 난방이 가동되었지만 골조가 낡아서 골수까지 헐었다는 느낌이 들었다. 알랭은 밋밋한 냄새가 떠도는, 어둠 속에서 전등이 껌뻑거리는 이 커다란 계단을 좋아하지 않았다.

늙은 흑인 여자가 까마귀 울음소리를 내는 문을 열어주었다. 대번에 책으로 가득 찬 작고 밝은 집 한가운데로 들어가 뒤부르의 앞에 서게 되었다. 그는 평소 습관대로 입에 파이프를 물고 한 손에 펜을 든 채 울긋불긋한 소파 위의 종이 더미 사이에 길게 누워 있었다. 뒤부르의 곁에는 조그만 여자아이가 글을 쓰는 그의 모습을 말없이 지켜보고 있었다. 뒤부르는 펜을 던지고 종이를 밀쳐내더니 일어섰다. 그는 키가 아주 컸고 아주 말랐다. 마흔 살에 가까웠지만 동안인 그 늘진 얼굴 위에 대머리가 얹혀 있었다.

그는 반가움과 불안감이 뒤엉켜 어색해진 표정으로 알랭에게 손을 내밀었다.

"얼굴을 보니 반갑네. 어떻게 지내나?"

"아이고…… 안녕, 파뵈르."

알랭은 아버지 곁에서 몸을 일으켜 세운 여자아이를 안아주었다. 아버지처럼 벌써부터 키가 크고 마른 아이는 말없이 흔쾌히 몸을 맡겼다.

"파뵈르, 가봐라."

파뵈르는 금세 사라졌다. 뒤부르는 알랭을 보고 주변을 돌아보더니 다시 알랭을 향해 고개를 주억거렸다. 알랭의 시선이 심드렁하게 그의 시선을 좇았다.

뒤부르는 결혼과 거의 동시에 이집트 전문가가 되었다. 그게 얼마 전이었다. 예전의 술친구가 순치되는 꼴을 알랭은 냉소적으로 지켜보았다. 그는 이런 파피루스 따위에서 어떤 패배를 찾으려는 것일까? 아내와 두 딸은 어떻게 할 작정일까? 이 불편한 고독은 대체 무엇일까?

그러나 우정은 알랭의 마음에 약간의 관용심이 들어올 수 있는 유일한 통로였다. 심사가 뒤틀어진 탓에 알랭은 선과 악이 혼재된 만사를 삶이 그에게 퍼붓는 빼어난 욕설이라고 간주했다. 그래서 그는 뒤부르를 그가 좋아하는 것을 약간, 증오하는 것을 많이 지닌 사람이라고 받아들였다. 뒤부르는 돈을 꾸어 주는 것이 아니라 거저 주는 장점을 지녔다. 그의 거짓말은 투명했다. 뒤부르는 자신의 장단점이 뒤섞여 녹아 있는 애정을 가지고 친구들에 대해 험담을 했지만 위선자였다. 겉으로 티를 내지는 않지만 가슴 한구석에 멍청한 속셈을 감추고 있었다. 그는 신에 대한 사랑을 가장하는 위선자가 아니라 삶을 사랑하는 척하는 위선자였다.

그리고 그는 평소처럼 허겁지겁 알랭의 판단을 정당화시켰다. 그는 한데로 눈길을 돌렸다. 자신이 선택한 삶이면서도 이토록 태평스러운 삶을 살고 있는 데 대해 미안해하는 눈치였다.

그러나 지금은 어렵사리 알랭의 눈을 마주 보려고 애쓰며 벽난로에 기대더니 물었다.

"어떻게 되어가나?"

"음!"

"언제 이리로 올 건가?"

"조금 지나면."

그는 알랭이 마약에 중독된 것을 안타깝게 여겼고 줄곧 그것을 해결할 방안을 찾았다. 알랭도 낙관적 순간에는 친구의 집요한 관심에 감동받고 그런 열정을 본받아 자기 자신을 돌보고 싶기도 했다. 그는 출감한 후에 범죄 본능을 따돌리고 새사람이 되려는 죄수처럼 게네고 가의 뒤부르 집으로 가겠다고 약속한 터였다. 그러나 뒤부르는 자신에 대한 친구의 편견을 우려해서 대놓고 비난하는 대신에 그가 겁먹지 않도록 횡설수설 조심스럽게 말을 꺼냈다.

"여기서 묵게나." 그는 슬그머니 언질을 주었다.

방은 마음에 들었다. 라모네 극장의 지붕 너머로 화사한 빛이 들어왔다. 꽤나 좁고 아주 높은 방은 온통 생생한 흰색으로 도색되어 있었다. 양탄자는 크림색이었다. 바닥에는 제본된 책들, 몇몇 이집트 물건들, 꽃 등이 흩어져 있었다. 이런 모든 것에 뒤부르의 삶에 감춰진 감미로운 수수께끼가 배어 있었다.

"거기에서 나오는 게 겁나지?" 알랭의 시큰둥한 반응을 보고 뒤부르가 물었다.

"그래."

뒤부르의 부인이 들어와 이 어색한 대화를 끊었다. 나른하게 휘청거리는 크고 날씬한 몸에 윤곽이 훤히 드러나는 옷을 걸치고 있었다. 그녀와 함께 두 딸과 고양이가 따라 들어왔다. 둘째 딸도 첫째 딸과 비슷한 외모였다. 이 작은 무리는 아무 소리도 내지 않았다. 뒤부르는 파니가 침묵과 수평성에 대한 뛰어난 적성을 지니고 있어서 그녀와 결혼했다고 했다. "우리끼리 있을 때는 집 안에 아무 소리도 나지 않아. 아내는 자기 방 소파에 누워 있고 나는 내 소파에 누워 있거든. 똑바로 서 있는 건 아이들밖에 없어." 이토록 시큰둥한 모습을 보니 보지 않아도 눈에 훤했다.

알랭은 파니의 손에 아주 정중히 입을 맞췄다. 은밀한 격정의 상태에서만 자신을 드러내는 예쁘지도 않은 여자를 눈여겨볼 사람은 알랭뿐이라고 확신하는 뒤부르는 미심쩍은 듯 그가 하는 짓을 바라보았다.

그녀는 식사 준비가 되었다고 손짓을 했다. 작은 의자와 간소한 식탁이 있는 뒤부르의 방으로 들어갔다. 옆방과 마찬가지로 양탄자가 무척 두꺼웠다. 벽에는 밝은색 천을 발라놓았다. 섬세하고 생생한 문양이 수놓인 콥트*식 양탄자가 여기저기 걸려 있었다.

가볍고 섬세하고 묘한 요리 두 가지와 과일이 따르는 식사 시간 내내 알랭과 뒤부르만 이야기를 했다. 파니와 파뵈르, 그리고 알랭이 이름을 기억하지 못하는 다른 딸은 대화를 듣는 즐거움을 숨긴 채 듣고 있었다. 알랭은 은근한 매력과 말 없는 음모에 감싸인 느낌이 들었고, 심지어 고양이까지 판에 끼어들어 실수인 양 그를 스치고 지나갔다.

뒤부르는 알랭이 화를 낼까 걱정하며 농담으로 그의 기분을 돌리려고 애썼다. 그는 젊은 시절 이야기를 꺼냈다. 서른 살에 이른 후부터 열여덟 살 때의 기억을 되씹었던 알랭은 다른 사람들의 이런 감상적 추억담을 참지 못했다. 하지만 뒤부르는 아주 유별난 냉정을 유지하며 이야기했고, 매우 짧은 일화를 화끈하게 던졌다가 금세 그만두었다. 그는 알랭이 친숙하게 느낄 10년 전의 자신과 오늘날의 자신 간의 급작스러운 대조에서 희극적 효과를 내려고 애썼다.

전쟁 직후 뒤부르는 이미 대머리였지만 팔팔했던 터라 정부를 두

---

* 고대 이집트의 자손으로 기독교를 믿는 사람들 또는 그 문화.

었다. 정부가 그에게 돈을 주면 그는 그 돈을 다른 여자에게 다시 주곤 했다. 그의 아파트는 몸을 쉽게 굴리는 여자와 남자 들로 항상 북적거렸다. 그들은 술을 마시고 정사를 벌였다. 호시절에는 스페인과 모로코로 나들이를 가기도 했다. 후견인 역할을 하던 여자는 그에게 금세 싫증을 냈다. 그리고 그는 간에 병이 났고 다양한 뭇 여자들에게 심드렁해졌다. 그는 일찌감치 딴생각에 잠겨 있었고 대낮에 침대에서 정부에게 등을 돌린 채 종교사 관련 서적에 코를 박고 있는 모습을 보이기도 했다. 어느 날 빚을 청산한 후 그는 파니에게 청혼했고 그녀는 고갯짓으로 수락했다. 그는 파니가 태어난 도시인 카이로로 떠났고, 지금은 부인과 아이라는 기생충을 등에 업고 엉뚱하고 거의 초라하다고 할 만한 연구에 사로잡혀 산다.

식사 후 커피와 담배가 마련된 하얀 서재에 두 남자만 남겨둔 채 기생충은 사라졌다. 식사 중에 뒤부르는 열심히 수다를 떨면서 알랭의 은밀한 감정을 꿰뚫어 보았다. 그는 두려워하고 있었다. 이 정도까지 위협을 느낀 것일까?

"어떻게 지내?"

"참혹한 시간이지."

"견딜 수 있겠나?"

"견디고 나면 그 후엔? 자네라면 살면서 무슨 짓을 하고 싶나?"

알랭은 소파에 흩어져 있는 상형문자의 한가운데에 앉았다.

뒤부르는 한 손에 파이프를 쥔 채 그의 앞에 서 있었다. 가슴에 넘치는 충동에 휩쓸려 친구 쪽으로 떠밀려가고 있었다. 2년 전 그는 확신이 섰고 남모르는 열정 속에서 살았다. 그러나 열정이 흘러넘쳐서 알랭의 마음을 다치게 하거나 기분을 망치지 않도록 열정에서 개인적인 것을 제거하려고 엄청나게 노력했을 것이다. 그는 자기 변신을 더 이상 진척시키지 못한 것을 처절하게 후회했다. 인간은 이미 완전히 자기 것으로 소화한 것만을 남에게 줄 수 있는 법이다. 연구가 실제보다 더 진척된 척하거나 자신이 발견한 것을 이야기할 때 눈과 손에 여전히 드러나는 초심자의 모든 자만을 감추기에 그는 너무 정직했고, 알랭은 너무 눈이 밝았다.

알랭은 그가 억누르고 있는 감정의 혼란을 짐작하고 아무 말 없이 도전적 시선으로 그를 바라보았다. 잠시 후 알랭은 자신의 구원에 대해 생각해보고 뒤부르의 무력함에 더럭 겁이 나서 속으로 그를 비난했다. 하지만 뒤부르는 한판 벌여보기로 작심했다.

"이봐, 살다보면 이런저런 일이 있잖아…… 그러니까 자!"

"뒤부르, 이 친구야……"

"자네 같은 친구라면 무슨 일이든 하는 걸 보고 싶어……"

"뭔가 하라고!"

"그렇고말고. 일을 잘 마무리하면 얼마나 멋진데. 자네가 잘할 수 있는 일이 몇 가지 있을 거야."

"그게 뭔데?"

"나야 모르지. 아무튼 자네한테도 인생에 대한 생각이 분명히 있겠지. 삶을 그렇게 시들게 하면 안 돼. 나는 갇혀 있는 모든 것을 끔찍이 싫어해. 배 속에 갇혀 있는 것을 꺼내야 해. 그게 나를 아프게 하고, 자네가 나를 아프게 하기도 하지."

"내가 자네를 아프게 한다고?"

"그런 말을 하는 게 부끄럽지 않네."

"내 배 속에 있는 것을 꺼내면 그게 자네를 더욱 아프게 할 텐데."

뒤부르는 이 위협적 지적을 놓치지 않고 따지고 들었다.

"자네가 해야만 하는 일이라면 자네는 아주 잘할 거야. 품위도 있고 재간도 있으니까."

알랭은 상형문자들 위에 드러누워 고개를 흔들었다. 뒤부르는 더듬더듬 말을 이어갔다.

"마야, 그게 전부는 아니야. 자네는 마약과 자네가 일심동체가 되었다고 믿나본데 따지고 보면 자네는 아무것도 모르잖아. 그건 어쩌면 이물질일 거야. 한쪽에 알랭이 있고 그리고…… 알랭. 알랭은 달라질 수 있어. 자네는 무슨 이유로 자네를 구렁텅이로 밀었던 껍질을 그대로 간직하려는 거야?"

"똑같은 사람이고 싶어서지. 나는 항상 똑같은 사람이었어."

"지금의 자네 모습도 예전에 자네가 만든 거니까 그 모습을 없애도 자네는 여전히 똑같은 셈이야. 비록 다른 방식으로 존재하기는 하지만 말이야. 자네 안에 여러 가지 욕망이 있다는 걸 나는 알아."

"한 번에 두서너 가지를 생각한 적은 있지만 그 어느 것도 욕망하지 않았지."

"자네에게 분명히 구별되는 욕망이 적어도 네 개는 있다는 걸 나는 알아. 여자, 돈, 우정 그리고…… 그렇군, 세 개인 셈이네."

"다른 사람들과 마찬가지로 돈을 약간 탐낸 적은 있었지."

"그게 사실이라면 자네는 일을 했거나 돈을 훔쳤겠지. 아니야, 자네가 돈이라고 부르는 것은 돈과는 정반대의 것이고 몽상에 빠지려는 구실이야."

뒤부르는 잠깐 말을 멈췄는데 생각이 꼬리에 꼬리를 물고 저절로 떠오르는 것이 흥겹다는 눈치가 역력했다. 그의 눈이 반짝거렸다.

"따지고 보면 자네는 부르주아야."

"아무런 의미 없는 단어들은 제발 쓰지 말게나."

"기껏해야 사소한 것들만 설명할 수 있다는 것은 나도 잘 아네. 하지만 그런 설명을 통해 사소한 것들을 제거해버린 본령을 볼 수 있지."

"말해보게…… 자네의 즐거움을 빼앗고 싶지 않으니까."

"친구, 자네가 착각한 것이 있어. 나는 오래전부터 심리학만으로는 만족하지 않았어. 내가 인간에게서 좋아하는 점은 그들의 열정 자체가 아니라 그 열정으로부터 산출된 존재들, 열정만큼이나 강한 사상, 신 같은 것이었어. 신들은 인간과 더불어 태어나 인간과 더불어 죽지만 신과 인간은 서로 뒤엉켜 영원 속으로 들어가거든. 하지만 이런 이야기는 하지 말자고…… 자, 내 생각은 이렇다네. 자네는 오래된 프티부르주아 집안 출신이네. 이 프티부르주아에게 돈이란 정원 한구석의 소박한 샘이었지. 내면의 교양을 키우는 데 필요한 물을 제공하는 소박한 샘 말이야. 프티부르주아는 편안하게 자아를 가꿀 수 있어야 했지. 따라서 상속을 받아 심심파적하거나 결혼을 하네. 자네도 집안에 반항했지만 이런 편견을 자연스레 물려받았어. 자네는 우리 주변 사람들과는 달리 시대에 굴하지 않았어. 강제 노역이라는 새로운 법칙을 수락하지 않고 돈이란 하늘에서 떨어지는 것이라는 전통에 매달려 있었지. 그 때문에 자네는 몽상가가 되었어. 그렇게 된 거지."

"할 말 다 한 거야?"

뒤부르는 고개를 숙이고 당황한 표정으로 파이프를 피웠다. 그것은 그가 하고 싶었던 말이 전혀 아니었다. 훨씬 깊은 말을 해야 했지만 그러려면 시간이 더 걸렸을 것이다. 또 분위기가 진중하긴 했지만 여전히 알랭의 빈정거림이 두려웠다.

"이런 설명이 부질없다고 생각하겠지만 자네가 돈에 대해 실제로 품고 있는 호감에 비해 그것의 중요성이 상상력 속에서 부풀려졌다는 점은 자네도 인정할 것이네."

알랭은 아무 대꾸도 하지 않았다. 만사가 귀찮아졌다. 뒤부르는 꺼진 담뱃불을 다시 붙이는 데 골몰했다.

"그리고 어쨌거나 해가 있네." 그가 불쑥 다시 말을 이었다.

그런 말이 차라리 나았다. 지난여름 환한 햇살이 쏟아지던 대낮에 그늘진 곳으로 피했던 자신의 모습이 눈앞에 떠올랐다. 그것이 끔찍했다고 기억하는 알랭에게 뒤부르는 환한 햇살처럼 보였다. 마약이 그의 얼굴과 손을 그늘지게 했다. 눈에도 검은 그늘이 진 느낌이었다.

"이번 겨울에 우리와 함께 이집트로 가세나."

구름처럼 피어오르는 담배 연기에 감싸인 뒤부르가 한쪽 눈으로 알랭을 곁눈질하다 과감히 똑바로 바라보았다. 뒤부르는 자기가 만들었던 목록을 떠올렸다. 그는 고기와 야채와 과일과 담배를 좋아했다. 예전에는 역설에 빠져 허우적거렸지만 이제는 자신이 사랑하는 대상을 모든 형식의 자연과 사회로 넓혔다. 형식에 대한 사랑은 이집트의 신들을 사랑하고 가족이라는 기생충을 견딜 수 있도록 해주었다.

"이집트에 가자고. 거기 사람들은 배 속에 햇살을 품고 있지."

뒤부르는 여전히 자신에 대해 만족하지 못했다. 직접적이고 예리한 말을 찾지 못한 것이다. 그는 핵심의 언저리만 맴돌았다. 그는 다시 공세를 취했지만 힘은 없었다.

"자네는 재미있고 착한 사람이야."

알랭은 한풀 꺾인 그의 모습을 보고 당당하지 못한 그를 경멸했다. 필경 그는 알랭이 멱살이라도 잡아주길 바랐을 것이다. 지난여름 뒤부르는 그를 혹독하게 나무라는 편지를 쓴 적이 있었다. "곰곰이 생각하니 거짓말을 밥 먹듯이 했던 자네를 내가 과연 용서할 수 있을지 자문하게 되네. 자네는 마약 주사를 맞을 때마다 병원에 들어가겠다고 했지." 이런 구절이 알랭을 병원에 들어가게 만들었다.

뒤부르는 자신감이 사그라지는 것을 느꼈고, 알랭이 그것을 눈치챘음이 눈에 보였다. 그는 불에 덴 듯 놀랐다.

"자, 나만 이러는 게 아니야. 나보다 안목이 넓은 사람도 있고 그들의 말이 자네에게 더 큰 효과를 낼 수도 있겠지."

뒤부르는 덜 사는 것처럼 살았더니 더 살게 되었음을 알랭에게 이해시키는 일이 이토록 난제인 데 놀랐다. 자신의 사례보다 더 이해하기 쉬운 다른 사례를 보여주고 싶었다. 바깥세상의 사례, 생생한 힘의 사례. 그와 동시에 그는 알랭이 내면적 삶의 힘에 대해 아무런 이해가 없고, 그 힘이 햇살을 받으면 외면적 성공보다 훨씬 잘 타오른다는 사실을 모른다는 것에 분개했다. 대지의 정수가 정신적 삶이 되어 폭발하듯 분출하는 충일한 존재로 고양된 이집트 기도문 중 몇 구절을 그에게 암송해주고 싶었다. 그는 조바심이 났고 입술에서는 벌써부터 비난이 조롱으로 바뀔 기세였다. "가난을 삶의 탓으로 돌리지 마." 그러나 그렇게 말하는 것은 알랭을 허무 속으로, 지옥 속으로 떠미는 것이었다.

하지만 그는 입을 열었다.

"나의 경우에 대해 뭔가 착각하는 것 같은데 겉모습만 보고 판단하지 말게. 나를 체념에 빠진 프티부르주아로 보나본데 나는 주색잡기에 빠져 있던 시절보다 훨씬 치열하게 살고 있다네. 나는 이집트의 모든 미덕이 담긴 책을 한 권 쓰고 말겠어. 그 미덕이 이미 내 핏줄 속에 흐르고 있어. 그리고 그건 내 핏줄에서 다른 존재의 핏줄로 흘러갈 거야. 여러 사람이 그걸 향유하게 될 테지."

알랭은 어깨를 으쓱거렸다. 그는 서로 모순되는 두 개의 편견을 가지고 뒤부르를 대했다. 한편으로 그는 뒤부르의 낙천주의를 비난했다. 알랭이 보기에 낙천주의는 천박성 혹은 위선과 한통속이었다. 다른 한편으로 알랭에게 삶이란 사상이 아니라 그저 행동에 지나지 않았다. 그는 삶이란 것이 게네고 가의 이 저택처럼 눈에 띄지 않는 은신처 안에서 생명수를 길을 수 있다는 생각은 추호도 하지 않았다. 그래서 그는 반박하지 않을 수 없었다.

"지금 자네는 자네가 영위하는 삶에 만족하는 것처럼 보이지 않아."

알랭이 예상했듯 뒤부르는 즉각 반발했다. 뒤부르는 사상에 집요하게 매달렸지만 자기 자신한테 집착하지는 않았다. 그만큼 그는 사상 연구에 몰두했다.

"내게 그런 건 전혀 중요하지 않아. 중요한 것은 나를 관통하고 있는 사상이야." 그가 중얼거렸다.

"그런데 그것으로 인해 고통받고 있지."

"파니, 그리고 늙은이 냄새를 풍기는 이 집, 이 모든 것이 내 열정의 일부를 이루고 있다네."

"자네의 눈빛이 예전만큼 반짝거리지 않지 않나."

"늙었으니까."

"그렇다면 지금껏 자네가 했던 모든 말이 바로 그……"

"아니야, 나는 늙지 않았어. 이제 청년은 아니지만 그렇다고 늙지도 않았어. 나는 예전보다 더 살고 있어. 자네는 이게 문제야. 다른 삶에 들어서려면 젊음에서 벗어나야만 한다네. 나는 더 이상 희망은 품지 않지만 확신이 있어. 자네는 신기루만 좇는 게 피곤하지 않은가? 따지고 보면 자네는 돈이 그리 필요하지 않은 사람이야. 나보다도 말이야."

"나는 범속한 삶이라면 질색이야."

"하지만 자네는 2년 전부터 평범한 삶 중에서도 최악인 윤택한 범속성 속에서 살고 있지."

"바로 그런 건 질색이란 말일세."

"그래서 어떻게 할 건데?"

뒤부르는 채근한 것을 금세 후회했다. 알랭에게 결정적인 질문을 하는 것이 두려웠기 때문이다.

"마약에 다시 손을 대면 자살하겠어."

"내가 두 팔 걷고 나서서 자네가 다시는 마약에 손대지 못하도록 할 걸세. 한 달 후에 완전히 치료되어 퇴원한다면 뭘 할 생각인가?"

알랭은 가게를 열 계획을 차마 털어놓지 못했다.

"사업이지. 생각해둔 게 있어."

알랭의 기를 죽이지 않을까 하는 염려에도 불구하고 뒤부르는 사태를 분명히 정리하려고 계속 흉금을 터놓고 이야기했다.

"자, 둘 중 하나야. 자유야, 아니면 돈이야? 원하는 게 돈이라면 인생을 다시 시작하고 사업에 뛰어들게. 매달 2천 프랑을 벌면서 거기에서 자네 길을 찾는 거야. 그게 아니면 도로시와 화해하고 그녀에게 남은 임대 수입 10만 프랑으로 살아가는 거지. 이곳 같은 작은 집에서 몇몇 친구들을 만날 테고 2, 3년 전부터 조금 잊고 살았던 기분도 다시 느낄 수 있을 거야."

알랭은 얼굴을 찡그렸다. 뒤부르는 깜짝 놀라며 절망했다. 그렇다면 도대체 알랭의 절망감은 무엇을 중심으로 맴도는 걸까?

"알랭, 자네는 50만 프랑의 임대 수입을 가진 여자와 결혼해야 만족할 텐가?"

알랭의 눈빛에서 자살의 충동이 스치고 지나갔다. 뒤부르는 금세 가슴이 저려왔다. 그는 친구의 입장이 되어 그의 은밀한 존재 이유를 이해하고 그것을 쓰다듬어 활짝 꽃피게 하려고 다시 한 번 노력을 기울였다.

"이보게, 알랭. 도로시는 매력적인 여자이고 자네는 이 세상에서 가장 멋있는 존재일세. 두 사람이 다시 뭉쳐서 친구들을 기쁘게 해주게나. 자네는 예쁜 여자가 사랑으로 돌봐줘야 살 수 있는 사람이야. 노동의 끔찍한 압박에서 벗어난 존재가 몇몇 있어야 하지 않겠나."

그러나 모든 말이 알랭에게 상처만 줄 뿐이었고, 그런 말은 특히 더욱 상처를 주었다. 그는 자신이 여자들에게 매력이 있다고는 전혀 생각하지 않았던 터라 뒤부르그가 짐짓 자신을 믿는 척 거짓말을 한다고 의심했다.

"내가 여자들에게 매력이 없다는 건 자네도 잘 알잖나."

뒤부르는 거짓말을 한 것은 아니었지만 자신도 금세 의심이 들었고 눈빛에 호기심이 감돌았다.

그는 말했다.

"무슨 농담을 하나."

"스무 살 때는 잘생긴 덕분에 여자들을 놀라게 했지. 지금도 여자들은 내가 신사답다고 생각하네. 하지만 그것만으론 충분치 않아."

"뭐가 더 필요한가?"

알랭은 짜증을 내며 뒤부르를 쳐다보았다.

"왜 모르는 척하는 거야? 내게는 성적 매력이 전혀 없어."

"자네는 그런 고정관념에 사로잡혀 있는 거야."

"나는 실패로 끝난 일은 믿지 않네."

"하지만 자네는 여자에 대한 생각으로 고통받았지."

"나는 여자들에게 아무런 힘도 행사하지 못해. 하지만 여자를 통해서 세상에 힘을 발휘할 수 있지. 내게 여자란 항상 돈이었어."

"내 눈을 속이진 못해. 자네는 사랑하지 않는 여자와는 오 분도 함께 있을 수 없을 거야. 내가 본 자네는 항상 사랑에 빠져 있는 모습이었어. 자네는 지금도 도로시를 사랑하는 거야."

"하지만 내가 사랑했던 여자들은 항상 부자였다는 걸 알아줬으면 좋겠군."

"도로시는 그리 부자도 아니지."

"그렇다고 가난하지도 않네……"

뒤부르는 당혹스러웠다.

"그렇다면 그게 자네에게 어려운 문제가 되겠군. 자네는 돈 없는 여자를 사랑할 수는 없으니까. 그리고 돈을 가진 여자도 사랑할 수 없지. 왜냐하면 그녀를 사랑하는 동시에 그녀의 돈까지 사랑할 수밖에 없게 되니까."

"아마 그럴지도……"

"그런데 마약은?"

"그것이 이 문제의 해결점이지."

"그런데 자네가 여자와 돈이 없어서 마약에 중독되었다는 생각이 들지는 않아. 돈과 여자가 굴러 들어올 거란 확신이 들었을 나이, 그러니까 아주 일찌감치 마약을 시작했다는 게 그 증거지. 아! 그 모든 게 어떻게 시작되었는지 알고 싶군. 그걸 알아야 자네를 도울 수 있을 것 같아."

뒤부르는 공상을 하다가 회의에 빠졌다. 그는 알랭이 살아가면서 내몰렸던 진퇴양난의 길이 얼마나 협소한지 잘 알고 있었다. 이 진퇴양난이 얼마나 어처구니없는지 잘 알았기 때문에 심지어 이것이

단지 마약의 구실에 불과하다는 확신마저 들었다. 그리고 마약도 이런 구실을 감싸고 있는 또 다른 구실에 지나지 않았다. 이것이 언제부터 시작되었는지 아는 것이 과연 무슨 소용이 있을까?

뒤부르는 체질과 생각을 원인과 결과로 연결시키는 이 유치한 방법론을 경멸했다. 병리학과 심리학은 모두 신비주의에 뿌리를 두고 있다. 생각도 열정만큼이나 필요한 것이고 열정도 혈액순환만큼이나 필요하다는 따위의 생각이다. 그렇다면 마약이 철학을 낳은 것인지, 아니면 철학이 마약을 부른 것인지 따지는 게 무슨 소용이 있는가? 삶을 거부하는 사람들은 항상 있지 않은가? 그것이 나약한 것일까, 아니면 힘일까? 어쩌면 알랭이 삶을 거부하는 데에 커다란 생명력이 내재된 것은 아닐까? 그가 부정하거나 심판하는 것이 삶 자체가 아니라 그가 증오하는 삶의 어떤 측면은 아닐까? 왜 그는 결과를 개의치 않고 마음에 들지 않는 모든 것, 그가 경멸하는 모든 것과 결별하고 섬세한 영감에 따르지 않았을까? 섬세함이란 다른 열정에 못지않은 하나의 열정이다. 왜 그리 예쁘지도 않고 그리 착하지도 않은 여자들과 어울려야 하는가? 왜 우리 사회를 공허한 분주함으로 가득 채우는 십중팔구 불필요한 일, 그 지겨운 노동에 속박되어야 하는가?

하지만 이런 성향에 빠지면 신비주의적 반항심, 죽음의 찬양 속에 빠지게 된다. 마약중독자들은 세상에 영혼을 불어넣고 세상을 상징적 의미로 승화할 힘이 더 이상 없기 때문에 세상 속에 있는 허무의 씨앗에 도달할 때까지 세상을 축소하고 닳아빠지게 하고 갉아먹으려는 물질주의 시대의 신비주의자들이다. 그들은 태양숭배를 제물로 삼아 어둠의 상징주의를 숭배한다. 태양은 지친 눈에 상처를 주기 때문이다.

아니다. 뒤부르는 육체적인 것과 영적인 것, 꿈과 행동 같은 단위 사이의 균형이 아닌, 무척이나 쉽사리 왜곡되는 이 허망한 구별이 무화되는 용해점을 추구하려는 어렵고 소박한 노력, 인간적인 노력을 하는 쪽이었다. 고대의 신을 연구하는 것은 과거로 도피하려는 책벌레의 절망적 취향 때문에 하는 것이 아니었다. 연구를 통해 당대의 흐름과 어울리는 영원한 지혜를 추구하는 노력에 자양분을 주기 위해서였다. 하지만 알랭은 보다 높은 세계를 꿈꾸었다.

"마약은 내가 생각하기 전에 이미 내 혈관에 흐르고 있었지."

"뭐라고?"

"나는 술을 마시기 시작하며 여자와 돈을 기다렸어. 그런데 문득 내가 오로지 기다리기만 하면서 인생을 보냈고 골수까지 중독되었다는 사실을 깨달았지."

"하지만 도로시와 리디아를 얻었고 그전에 다른 여자도 만났잖아."

"이제 이미 늦었어. 그리고 나는 그 여자들을 얻은 적이 없고 지금 내 손안에 있지도 않아."

"아니야, 지금 도로시를 잡은 셈이지. 그녀를 잡으려고 그녀와 동침할 필요는 없지."

"내가 그녀를 놓친 건 잠자리가 시원치 않았기 때문이야."

"그녀는 마약중독자를 피한 것뿐이야. 그게 전부야."

"나는 잠자리가 시원치 않아서 마약에 손을 댄 거야."

평소에 시시콜콜한 속내를 털어놓는 것을 전혀 좋아하지 않았고,

특히 지난 몇 해간 그래왔던 알랭의 입에서 이런 고백이 나오자 뒤부르는 깜짝 놀랐다.

그러나 동시에 그는 알랭을 분석하는 일에 더욱 깊이 파고들었다.

"여자에게 매달려 사는 우리의 삶이 기이한 거지." 뒤부르가 중얼거렸다.

알랭은 눈살을 찌푸렸다. 뒤부르가 회한 끝에 내뱉은 고백을 자신의 입에서 끌어내려고 짐짓 냉소적 태도를 꾸몄다는 생각이 들었다.

"자네가 어떤 면에서 파니에게 매달려 산다는 건지 모르겠네." 알랭이 말허리를 잘랐다.

"돼지가 돼지우리에 파묻혀 살듯 그녀의 온기에 파묻혀 사는 거지. 자네는 더더욱 여자가 필요한데…… 자네는 여전히 아이로 남아 있으니까. 자네를 사회와 자연과 맺어주는 유일한 끈이 여자지."

"맞아, 예전에도 내게 그런 말을 했지. 기둥서방은 늙은 아기라고. 하지만 내 입으로 내가 기둥서방이라고 말하게 만들지는 말게. 자네는 항상 상소리에 대한 현학적 취향이 있었지."

알랭은 화가 머리끝까지 치밀었다. 마침내 뒤부르가 본색을 드러냈다. 뒤부르는 자신을 정의하면서 알랭도 제 주제를 파악하고 본연의 자리로 돌아가라고 강요하고 싶었던 것이다.

뒤부르는 말을 이어갔다.

"이 친구야, 자네가 나를 멍청하다고 생각하는 건 잘 알고 있어. 하지만 자네는 내 멍청한 점을 거리낌 없이 이용해먹어야 하네. 자네 스스로 자네가 부도덕하다고 인정했으면 좋겠네. 그것은 부도덕한 척하는 것과는 달라. 자네가 일상적 태도에서 끔찍할 정도로 어색한 것은 자네의 편견 탓이야. 게다가 자네야말로 편견을 비웃으며 살지 않나."

"착각일세. 나는 편견을 결코 비웃지 않네. 나 자신이 편견 덩어리니까. 그 점에 대해서는 더 이상 따지지 말게."

알랭은 자리에서 일어나 이리저리 서성거렸다.

이번에는 뒤부르가 화를 냈고 화를 낸 자신이 한심하다고 느꼈다. 그렇지만 이 대목에서 뒤부르는 물러서지 않았다. 알랭이 파탄에 이른 가장 뚜렷한 이유 중 하나는 그가 자신의 정체, 여자들의 사랑을 받는 게으름뱅이란 자신의 정체를 솔직하게 인정하지 않았다는 데 있었다. 알랭이란 인간은 자신의 편견에서 악덕이 잉태된다는 사실을 알지만 그 편견 때문에 악덕마저 향유하지 못하는, 뒤부르가 방금 비난해 마지않았던 하릴없는 부르주아인 것이다.

하지만 뒤부르는 선뜻 말을 잇지 못하고 망설였다. 자신이 동원하는 논리에 그다지 자신이 없었기 때문이다. 그가 했던 모든 말이 알랭을 설명해주지만 오로지 설명 자체로 그칠 뿐이었다. 그보다 더욱 직관적인 무엇인가가 빠져 있었다. 알랭을 가슴속에서 재창조할 수 있을 만큼 그를 충분히 사랑하는 것. 알랭은 한 시간 전부터 저기 있었고 아무 일도 일어나지 않았다. 그는 자기 자신에 대해 만족하지 못했고, 그런 탓에 삶에 대해 더욱 만족하지 못했으며, 더욱 고립되고 더욱 빈털터리가 되어 이 집을 나가려 한다. 아, 이건 아니다!

"알랭, 자네는 도대체 누구인가. 나도 좀 알고 싶어! 느끼고 싶단 말이야!"

"나를 개과천선하게 만들려고?"

"자네가 누구인지 목청이 터져라 외친다면 자네는 곧바로 그런 사람이 아닌 다른 사람이 될 거야. 자네가 아닌 사람에서 자네 자신으로 넘어가기 위해 한 걸음만 내디디면 된다네."

"혹은 헛걸음이 될지도."

알랭은 걸음을 멈추고 착한 멍청이인 뒤부르, 그 뒤부르를 서글픈 경멸의 눈빛으로 바라보았다. 알랭은 부드러운 말투로 덧붙였다.

"이 어리석은 친구야. 자네는 내가 누구인지 잘 알지 않나."

뒤부르는 말문이 막혔다.

"맞아."

"그리고 자네는 있는 그대로의 내 모습을 좋아하지 다른 식의 내 모습을 좋아하는 게 아냐."

"하지만 내 우정이 자네를 변화시키거나 바꾸는 그 무엇이라고 자네가 느끼지 않는다면 그런 우정이 대체 뭐란 말인가?"

알랭의 입에서 탄식이 흘러나왔다. 그는 잠깐 동안 탄식을 억누르다가 그냥 내뱉어버렸다.

"내가 죽을 수 있도록 자네가 도와주었으면 하네."

"그럴 순 없어! 알랭, 나는 삶을 사랑한단 말일세, 삶을. 내가 자네에게서 사랑한 부분도 바로 자네 속에 있는 삶이야. 그러니 나더러 어쩌란 말인가?……"

"그래, 자네 말이 맞네…… 아! 자네에게 속내를 다 털어놓을 수 있었다면."

"맞아, 그래야 했어!"

"실은 그럴 수 없지. 그건 자네도 잘 알 거야."

"그렇다고 생각하나?"

뒤부르는 창피했다. 알랭을 구하려면 그를 더 헌신적으로 돕고 자기 삶의 몇 달을 그에게 할애했어야만 했다. 실질적으로 이집트의 신들한테서 영감을 받으려면 그 신들을 잠깐 잊고 지내야 한다는 사실을 그는 잘 알고 있었다.

잠시 후, 알랭은 화를 내며 대화를 피했다. 이 얼마나 나약한 짓인가! 얼마나 남자답지 못한가! 알랭은 남들에게서 자비를 기대했던 것이다. 그러나 그가 진정 남자였다면 뒤부르에게 집착하는 것이 아니라 그의 지지를 원해야 했을 것이다.

"알랭, 나는 끈기를 갖고 연구했고 그래서 뭔가 얻고 있다네. 내 곁에 와서 함께 살면 끈기가 무엇인지 알게 될 걸세. 자네는 삶을 통해 자네 가슴에 담겨 있는 것을 사랑하기 시작하게 될 거야."

"……"

잠시 후 알랭과 뒤부르는 센 강과 튀일리 공원 사이의 길을 나란히 걸었다. 그들은 슬펐고 씁쓸했다.

뒤부르는 알랭을 구할 수 있는 기회가 사라졌음을 알았다. 배짱만 두둑했다면 알랭에게 난폭하게 대들었으리라는 생각이 들었다. 욕설도 하고 두들겨 패기도 했을 것이다. 그리고 이렇게 말했으리라. "자네는 범속해. 자신의 범속함을 받아들이라고. 타고난 성품에 맞는 자리에 붙어 있으란 말이야. 자네는 그냥 한 인간이야. 자네가 단순히 인간이란 사실로 인해 자네는 다른 사람의 눈에 여전히 값을 매길 수 없을 정도로 소중한 존재야."

하지만 그는 알랭을 그런 식으로 대할 만큼 배포가 두둑하지 않았다. 알랭은 대체 불가능하고 흉내 낼 수 없는 인간이기에 범속한 것일까? 오히려 그를 칭찬해야만 하는 건 아닐까? 박수갈채를 받으면 삶의 어떤 영역에서 발군의 역량을 발휘하고자 하는 오래된 욕망이 이 타락한 인간 속에 있었다……

하지만 뒤부르는 그런 쪽으로는 밀고 나갈 수 없음을 금세 인정해야만 했다.

그는 알랭을 칭찬은커녕 인정할 수도 없었다. 그래서 처음에 했던 후회를 되풀이했다. 그는 알랭을 칭찬할 수 없었고, 게다가 칭찬을 하려면 자신이 그보다 더 나아야 했다. 알랭의 몰락을 통해 그는 자신의 패배를 감지했다.

알랭은 뒤부르를 보는 것이 이제 마지막이라는 사실을 알고 있었다. 뒤부르의 태도는 다른 이유와 더불어 그가 죽어야 할 이유를 하나 더 보태주었다. 그를 통해 본 삶이란 것은 도무지 정당화되지 못했다. 그의 태도는 망설임으로 인해 무겁고 어색해졌으며, 그의 얼굴은 무기력한 주장으로 뒤틀려 있었다.

두 친구는 센 강을 따라 걸어갔다. 회색 하늘 아래 회색 집들 사이로 회색 강물이 흘러갔다. 그날은 자연조차 인간들에게 어떤 도움도 주지 못했다. 축축한 공기 속에서 단단한 돌마저 흐물흐물 무너져 내렸다. 뒤부르는 부르르 몸을 떨었다. 곁에서 걷고 있는 이 사람은 이제 기댈 언덕이 없다. 여자도 남자도 애인도 친구도 없다. 그리고 하늘도 멀어졌다. 아마도 모두 그의 잘못이리라. 자신감을 갖는 법을 익히지 못한 탓에 그를 둘러싼 알맹이 없는 우주마저 어떤 질감도 보여주지 않았다.

아름답고 우아한 여자 하나가 스쳐 지나갔다. 그녀는 힐끗 그들을 바라보았다. 알랭이 마음에 들었던 모양이다. 뒤부르는 미소를 지으며 알랭의 팔을 잡고 흔들었다.

"보았나, 저런 여자는 만지고 싶어지지. 파리는 저 여자 같아. 삶은 저 여자 같은 걸세. 미소 하나에 잿빛 하늘이 밝아지는군. 올겨울에 함께 이집트로 가자고."

알랭이 고개를 저었다.

"기억나나……" 뒤부르가 이야기를 시작했다.

알랭이 걸음을 멈추고 발을 굴렀다.

"자네 헛소리를 하는군."

그들은 이 강변에서 10년을 뛰어놀았다. 그들은 여기서 청춘을 보낸 셈이었고 알랭은 평생을 보낸 것이나 마찬가지였다.

"나는 늙고 싶지 않네."

"자네는 마치 충만한 젊은 시절을 보냈다는 듯 아쉬워하는군." 뒤부르가 자기도 모르게 덧붙였다.

"젊음은 약속이었고 나는 거짓말을 먹고 살았지. 그리고 거짓말쟁이는 바로 나였어."

그 말을 하면서 알랭은 의사당 건물을 보았다. 성냥갑에 우스꽝스러운 작은 깃발을 단 듯한 저 집은 무엇일까? 그리고 주위에 밀려드는 자동차의 물결은?

"저들은 어디로 가는 걸까? 한심해." 알랭이 투덜거렸다.

"그 어디로도 가지 않아. 그냥 가는 거야. 나는 저렇게 있는 그대로의 세상이 좋고, 저런 걸 보면 가슴이 찢어질 듯 감동을 받아. 저거야말로 영원한 거지."

알랭은 뒤부르를 마지막으로 바라보았다. 뒤부르의 얼굴에는 뭔가 긍정적인 것이 있었다. 믿을 수 없을 정도로. 아직도 희미하게나마 의욕이 남아 있었다.

"뒤부르, 오늘 저녁에 놀러 가세나. 리디아의 아주 예쁜 여자 친구에게 전화를 걸자고."

뒤부르는 차분히 웃으며 그를 바라보았다.

"아니야, 오늘 저녁에 이집트인들에 대한 글을 두세 장 쓰고 파니와 섹스를 할 참이야. 우물 속으로 들어가듯 그녀의 침묵 속으로 내려갈 걸세. 그 우물의 바닥에는 대지를 덥히는 거대한 태양이 있지."

"두 사람이 함께 멍청해지게나."

"나는 행복해."

그들은 콩코르드 광장 한복판에 섰다.

"어디로 가려나?" 뒤부르가 물었다.

"팔레 씨의 전시회에 들러야 하네. 자네도 함께 가지. 생플로랑탱 거리야."

아스팔트 바닥의 먼지가 바람에 날리는 콩코르드 광장은 이미 겨울이 점령한 후라 딱딱하게 굳어 있었다.

리볼리 가 쪽에서 가로등이 켜졌다.

알랭은 자신의 겨울에 대해 생각했다. 굳게 닫힌 방, 눈부신 햇살, 분노, 이 모든 것이 반박의 여지 없이 허식의 승리였다. 지난겨울이었다. 얼굴에 뒤범벅된 마지막 햇살. 뒤부르의 삶은 무엇과 닮았던 것일까? 느리고 칙칙한 죽음. 뒤부르는 열정이 식어버린 늙고 초라한 파리를 떠나본 적이 없었다. 뉴욕의 참혹성은 적어도 노골적이다. 도로시는 뉴욕에 있었다. 악을 쓰고 몸을 뒤틀며 수만 개의 생생한 상처로 피를 낭자하게 흘리는 괴물의 발아래에 있었다.

마들렌 성당 근처의 좁은 길. 생경한 조명으로 부풀어 오른 작고 작은 전시회장. 뒤부르는 이 아지트에 들어설 때마다 구역질을 느꼈다. 그는 팔레가 누구인지 알고 있었기 때문이다.

팔레는 전시회장 안에 있었다. 눈에 겨우 보일 정도로 작은 체구였다. 성냥개비 두께와 높이 정도의 척추 위에 얇은 우산살 같은 어깨가 걸려 있었다. 그 위 어딘가에 약간의 회색빛 피부, 틀니, 동태 눈알이 있었다. 이 태아는 어머니 배 속에서 죽은 채로 나왔다가 뱀에 물려 되살아났지만 뱀독은 그의 몸에 남아 있었다. 누구나 두 팔 벌려 환영하던 젊은 시절의 뒤부르는 팔레를 맞이했고 팔레는 감사의 표시로 독이 묻은 더러운 작은 혀로 뒤부르의 영혼을 찔렀다.

뒤부르는 막연히 고개를 주억거리며 등을 돌려 벽을 바라보았다. 팔레가 하는 모든 일은 장사였지만 그 장사마저 겉치레에 불과했다. 거리에서 구걸하는 꼴이었다. 그의 행동은 온통 행인을 유인하고 유혹하는 데 집중되었지만 그것은 허무에 빠지지 않기 위해 서푼짜리 관심을 얻어내려는 것에 불과했다.

세련된 사람들은 팔레에게 만족했다. 그의 정체를 알아보았기 때문이다. 그는 사진작가였다.

사진 예술이란 분야에서는 실수를 거듭한 끝에야 진실을 얻을 수 있다. 그러나 그 실수들은 섬세한 것이고, 서로를 수정하고 무화한 후에야 비로소 파괴할 수 없는 잔여물이 추출된다. 그런데 사진작가로서의 팔레는 광적인 험담꾼의 기질을 털어내지 못했다. 자신의 모든 모델을 괴물로 만들었다. 틀에 박힌 냉소를 발휘하여 인물의 얼굴과 육체에 있지도 않은 추한 구석을 두드러지게 하면서 모델을 왜곡했다. 결국 강퍅한 악의로 인해 서투른 그의 손가락에서 나온 작품에 사실성은 조금도 남아 있지 않았다.

그러나 극장 구경과 귀동냥으로 머릿속을 채운 반쪽짜리 지식인, 생각 없이 틀에 박힌 생활을 하다보니 사교계 인사로 변한 지식인, 그 모든 파리의 건달들은 이 새로운 과장법, 이 새로운 나약함에 매료되었다고 생각했다.

뒤부르는 흉물의 박물관을 차분히 바라보았다. 이토록 하잘것없는 것에 화를 내곤 했던 시절을 회상하니 놀라움이 앞섰다. 이제 그는 벼룩에게 익숙해져서 더 이상 긁적거리지 않는다. 그렇다고 해서 손재간만 있는 사람, 예컨대 우아함과 절제로 이루어진 번지르르한 껍질 속에 자신의 전복적 의도를 감춘 팔레 같은 자를 조금이라도 너그럽게 받아들이는 것은 아니었다. 유한부인네들은 그의 작품을 보고 여기저기에서 "멋지군요!"라고 떠들곤 했다.

팔레는 알랭과 악수하고는 사라져버렸다.

알랭은 다시 혼자 남게 되었다. 뒤부르가 그와 죽음 사이에 세웠던 장벽, 언어의 장벽은 극장에서 마술사의 퇴장과 함께 사라지는 무대장치처럼 사라져버렸다.

알랭이 들어오는 모습을 본 팔레는 강렬한 예감에 사로잡혔다. 그가 전시회장 안에 있는 모습을 보자 한 치의 의심도 없이 마약을 끊겠다고 장담했던 희극이 끝났다는 생각이 들었다. 그는 이미 한 번 모습을 감추었다가 다시 나타난 적이 있었다. 그는 아무런 소득 없이 되돌아왔다.

알랭은 팔레에게는 눈길을 주지 않고 전시회장 안을 부지런히 돌아다니며 사진을 둘러보았다. 그는 칭찬을 한마디 하더니 자신을 보고 있는 팔레를 바라보았다.

"아직도 거기에 있나?"

"아니네, 이제 거기에 있지 않아."

"아, 그렇군…… 안색이 좋네. 축하하네!"

"자네는 평소와 다름없이 송장처럼 보이는군."

"자네는 친구를 골라서 사귀더군. 건전한 사람들 중에서 친구를 고르지. 뒤부르를 다시 만나나보군. 멍청한 데다가 우울한 친구지."

그 순간 한 여자가 들어섰다. 파도에 밀려온 조각상. 복제품 조각가에 불과한 피그말리온의 손에서 흘러나온 그녀는 사치스러운 골동품 같은 아름다움을 지니고 있었다. 어깨, 가슴, 엉덩이는 약간의 과장법이 적용된 이집트 조각품처럼 풍만했다.

이버 캐닝은 중동 지방에서 태어나 런던에서 자랐다. 알랭은 그녀처럼 덩치가 큰 여자만 보면 주눅이 들었다. 바람을 몰고 다니는 환상적 위력과 자신의 공허감은 흡사한 구석이 무척 많은 듯 보였다.

그녀의 등장으로 알랭의 하루가 분주해졌다. 아름다움과 건강과 부 등 수천 가지 특혜를 누리는 여자는 구걸하는 듯 겸손하게 팔레를 바라보았다.

"이버와 함께 내 집에 갈 걸세. 함께 가겠나?" 팔레가 느긋하게 물었다.

"그러지."

그들은 부드럽고 무심한 이버의 대형 승용차에 올라탔다.

짧은 이동 시간 동안 두 사람은 이런저런 이야기로 수다를 떨었다. 알랭은 아무 생각도 하지 않았다. 아니, 오히려 모든 것에 대해 생각했지만 그는 그의 생각이 잡아먹을 듯 거친 소용돌이에 사로잡혀 있음을 알았다. 자신의 몰락, 자신의 타락이 점차 빠른 속도로 진행되는 소리가 들렸다.

몽마르트르 근처 어디쯤에서 그들은 가파른 계단을 통해 팔레의 집으로 올라갔다. 냉기가 감도는 텅 빈 작업실에 들어갔다. 한구석에 사진기와 환등기가 있었다. 다른 쪽에는 찢어진 책들. 문 하나를 지나자 푹 주저앉은 소파 하나가 꽉 들어찬 골방이 나왔다.

“춥군요.” 이버가 말했다.

“당신이 준 난로는 수리를 하라고 보냈어요.”

그 말은 팔레가 돈이 필요하다는 뜻이었다. 이버는 민망하다는 표정을 지었다.

“차에서 담요를 가져올게.” 알랭이 말했다.

“친절하기도 하셔라.”

알랭이 냄새 나는 커다란 담요를 어깨에 메고 올라왔을 때 두 사람은 이미 아편 쟁반을 놓고 소파의 양쪽에 자리를 잡고 있었다.

“나는 옷을 입은 채로는 아편을 못 피워요.” 이버가 말했다.

그녀는 자리에서 일어나 머리 위로 원피스를 잡아당겨 벗었다. 속옷과 허리띠와 스타킹도 벗어 던졌다. 알몸의 그녀는 화려하고 창백한 석고상이었다.

알랭은 오랫동안 냉소를 되씹었다. 자신의 발기불능을 이토록 절감한 적이 없었다. 그에게 이 세상은 공허한 껍데기로만 가득 차 있는 것 같았다. 비명을 지를 만한 일이었고, 악을 쓰고 죽을 만한 일이었다.

키 작은 팔레는 아편 파이프를 채우면서 알랭의 눈길이 어디로 향하는지 찾았다. 타인의 욕구는 아랑곳하지 않고 자신의 욕구만 믿는 이버는 알랭은 쳐다보지도 않고 모피 코트 속에 몸을 파묻었다. 알랭은 팔레 쪽으로 고개를 돌렸다.

기대감으로 굳었던 땅딸보의 냉소가 갑자기 풀렸다. 그는 손가락으로 벽장을 가리켰다.

벽장에는 오로지 마약뿐이었고 그것은 손만 뻗으면 꺼낼 수 있었으며 세상은 마약 그 자체였다.

알랭은 벽장을 열고 작은 병을 꺼냈다. 그리고 호주머니에서 라바르비네의 집에서 가져온 주사기를 꺼냈다. 주사기에 헤로인을 채우고 소매를 걷어 바늘을 찔렀다.

잠시 동안 등을 돌리고 벽을 바라보았다. 엎질러진 물이었고 어렵지 않은 일이었다. 행동은 날쌨다. 삶은 순식간에 끝났다. 머지않아 돌이킬 수 없는 사태가 벌어지는 시기가 도래할 것이다.

이미 가까운 과거는 있지도 않았던 듯 까마득히 멀어졌다. 진정 마약을 끊어보려는 마음을 품었던가? 진정 그 구역질 나는 요양원에 갇혀 살았던 적이 있었던가? 도로시에게 전보를 쳤던가? 리디아를 품에 안았던가?

고개를 돌리자 이버 캐닝의 모습이 눈에 잘 들어왔다. 석고화된 아름다움과 삶. 모든 것이 간명했고 모든 것이 끝났다. 혹은 시작이 있어본 적도 없고 끝도 없을 것이다. 영원한 찰나만 있을 뿐이었다. 그 외에는 그 무엇도, 다른 그 무엇도 철저히 없었다. 그리고 벼락 같은 허무가 왔다.

이버는 팔레가 준비해놓은 파이프를 흡입했다. 그리고 모피 코트 속에 벌렁 누워 약간의 연기를 뿜어냈다. 반질거리는 단단한 한쪽 어깨가 작은 등불 아래에서 금빛으로 물들었다. 부서진 여신상의 이 한 조각이 높낮이가 없는 사막에서 구르다가 따스하고 아늑한 심연의 품안에 드러누웠다.

파도가 늘어났고 한 겹 위에 다른 겹이 넘쳐흘렀다. 알랭은 마약을 결코 떠난 적이 없으니 마약과 재회한 것이 아니다. 고작 그뿐이지만 사실이 그렇다. 그것은 절대적으로 어떤 중요성도 갖지 않았지만 그것이 삶이기도 했다. 마약은 삶에 불과한 것이었지만 삶 자체이기도 했다. 격렬함이 저절로 잦아드는 것을 보면 만사가 그저 똑같을 뿐임을 알 수 있다. 거기에는 이해할 것이 아무것도 없으므로 지적인 것이라곤 전혀 없으며 오로지 확신만이 있다.

'자살? 삶과 죽음이 똑같은 것이니 그럴 필요가 없다. 지금의 나, 항상 그래왔던 나, 앞으로 여전히 그럴 수밖에 없는 나, 그 지속적 관점에서 보면 그렇다.

삶과 죽음이 똑같은 것이라는 증거, 그것은 내가 이 방 안에서 어슬렁거리다 프랄린에게 전화를 걸리라는 것이다. 실제로 아무 일도 없었지만 마치 아무렇지도 않다는 듯 나는 여전히 꿈틀거리기 때문이다.'

"전화를 해야겠네."

"여기엔 전화기가 없으니 근처의 식당에 가게나."

"알겠네."

그는 벌써부터 다른 곳으로, 그저 박차고 나가고 싶었다. 밤이 시작되었다. 밤, 그 영속적 움직임. 그 어느 곳에도 머물지 말고 이 지점에서 저 지점으로 끊임없이 자리를 바꿔야만 했다. 계속 도망치는 것. 술에 취하는 것, 그것도 움직임이다. 비록 한자리에 붙어 있긴 하지만.

"도무지 예의가 없군. 벌써 가려고?"

"곧 돌아오겠네, 친구. 전화할게."

그는 이버 앞에서 잠깐 멈췄다. 그녀는 더 이상 석고상이 아니었다. 그녀는 미동도 하지 않았지만 동적인 것의 극치에 있었다.

"안녕."

"안녕. 하! 하! 하!"

알랭은 계단을 내려갔다. 계단은 왜 만들었으며 어디로 이어지는지 궁금했다. 어느 길을 따라가도 아무 데도 가지 못하고 모든 길은 모든 데로 통한다. 로마는 로마로 이어지는 모든 길의 출발점이다.

앞에 누군가가 계단을 내려가고 있었다. 엄청난 인파가 계단을 오르내렸다.

"실례합니다."

"지나가세요, 나는 걸음이 빠르지 않거든요."

잿빛 콧수염이 난 뚱뚱한 남자로 파이프를 물고 있었다. 얼굴이 기억났다. 안목 있는 사람들 사이에서 꽤나 알려진 조각가였다. 그리 유명세도 따르지 않고 별로 넉넉하지도 않은 옹색한 사람. 이 건물에 사는가보다. 눈빛이 섬세하고 부드러우며 영적인 분위기가 난다. 담배 냄새와 선의를 풍긴다.

느릿느릿한 행동거지에도 불구하고 그 역시 삶과 마약의 거친 소용돌이에 휩싸여 있었다. 알랭은 계단에서 걸음을 멈추고 그 노인을 돌아보았다. 알랭은 고개를 돌리고 말했다.

“만약에 내가 확실하게 눈을 감아버리면 당신의 조각도 풀썩 주저앉아 가루가 될 테고 그러면 당신은 아주 곤란해지겠지요!”

노인도 걸음을 멈추었다. 그의 맑은 눈동자에 조롱기가 감돌았다. 그리고 다시 걸음을 재촉했다.

알랭은 울고 싶었다. 그에게 인사한 후 발걸음을 돌려 계단을 성큼성큼 뛰어 내려갔다.

밖으로 나온 그는 택시를 불러 세웠다.

알랭은 택시에서 내려 샹젤리제 거리의 한 술집으로 뛰어 들어갔다. 거기에서 전화를 걸 생각이었다. 몽마르트르의 허름한 식당보다 아늑했다. 그는 공공장소의 안락함을 좋아했다. 그리고 울적한 관능성을 느끼며 몸에 익은 습관에 따랐다. 몇 년 동안 그는 매일 저녁 술집에서 몇몇 아파트로, 아파트에서 술집으로 전화를 걸어댔다.

가슴에서 조급증이 치미는 것이 느껴졌다. 생명력이 줄어들 때면 그나마 남아 있는 생명력이 서둘러 소진되고 싶다고 안달하는 것이다. 그는 위스키를 주문하고 전화 부스에 들어가 프랄린에게 자신의 방문을 알리고 바에서 술을 한잔 마셨다.

그리고 슬쩍 주변을 둘러보았다. 10년 동안 달라진 얼굴이 없었다. 예전에는 알랭보다 젊어 보이던 서너 명의 작달막한 남자들이 짐짓 상냥스러운 눈빛을 하고 서 있었다. 그중 한 명은 살집이 붙었고 다른 하나는 머리숱이 줄었다. 그러나 한결같이 몽롱한 미소를 짓고 있었다.

그들은 알랭의 사정을 알고 빈정거렸다.

"저 마약쟁이 꼴 좀 보게."

"빈털터리 여자와 결혼했지."

"이제 끝장났지. 예전에는 괜찮은 사람이었는데. 리샤르란 남자가 저 친구를 무척 사랑했지. 저자가 원하기만 했다면……"

알랭은 위스키를 들이켰다. 남의 눈길이 더 이상 의식되지 않았다. 예전에는 남들의 호감을 샀지만 이젠 남자건 여자건 사람의 마음에 들려고 신경 쓰지 않았다.

그가 처음으로 헤로인을 맞았던 방은 오른쪽에 있는 방이었다. 예전에는 지금처럼 대리석으로 되어 있지 않았다. 그 당시에는 마거릿과 사귀었다. 또 다른 미국 여자. 젊고 예쁘고 우아한 여자였다. 그녀의 미소는 파열된 사랑의 환상을 불러일으켰다. 그녀는 결코 알랭을 잊지 않겠다고 했다.

바의 끄트머리에 모여 있는 저 남자들은 자기들한테 술 한잔 권하지 않았다고 알랭을 은근히 원망했다. 산전수전 모두 겪어봤다고 자부하는 알랭이지만 저들에 대한 극복할 수 없었던 거부감이 있었다. 저들과 어울리는 것을 좋아한 것은 여자들과 멀리 떨어져 있을 때 오히려 여자에 대한 꿈을 제대로 꿀 수 있었기 때문이다.

그는 마치 몇 시간, 몇 년, 심지어 젊은 시절에도 내내 그랬다는 듯 바의 한쪽 끝에 버티고 서 있었다. 사람들은 그를 바라보았고 그도 다른 사람들을 바라보았다. 그는 기다렸다.

술잔을 비우고 값을 치렀다. 밖으로 나갔다. 밖은 빛의 웅덩이, 무한히 펼쳐진 유리가 있는 샹젤리제 거리였다. 자동차, 여자, 돈. 그는 가진 것이 아무것도 없었고 모든 것을 가졌기도 했다. 위스키와 마약이 뜨겁고 차가운 물결을 일으키며 밀려왔고 겹쳐졌다. 익숙한 일. 결국 편안한 리듬.

추상적 단계들. 다시 택시를 탄 후 오른쪽이나 왼쪽, 그 어느 쪽도 보지 않았다. 좌우에서 일어났다가 가라앉는 도시가 그에게 불러일으키는 것은 희미하고 덧없는 인상, 몇몇 개인적 추억들뿐이었다. 알랭은 하늘이나 건물의 벽 혹은 목재 포석이 깔린 거리, 재미있는 것들에 눈길을 준 적이 한 번도 없었다. 그는 결코 강을 본 적도, 숲을 본 적도 없었다. 그는 아무도 없는 윤리의 방 속에서 살았다. '세상은 불완전하고 세상은 나쁜 것이다. 나는 이 세상을 배척하고 심판하고 파괴한다.'

알랭의 가족은 그가 전복적인 생각을 한다고 믿었다. 그러나 그는 아무 생각도 하지 않았다. 그에게는 생각이란 것이 끔찍할 정도로 결핍되어 있었다. 그의 정신은 공허한 대도시 위를 날아다니는 독수리들이 속을 파먹은 피폐한 해골이었다. 그는 택시에서 내렸다. 운전사에게 택시비를 넉넉히 주었다. 지폐, 그것은 모든 것이 쇠잔해지는 가운데에 피어난 작은 불꽃이었다. 몇 시간 내에 1만 프랑을 태워버려야만 했다. 이 물신주의자에게 이러한 작은 몸짓은 큰 의미를 지녔고, 그는 모든 현실을 그 유치한 상징주의 속에 묻어버렸다. 지폐 한 장을 내던지는 것은 죽음과 맞먹는 행위였다. 낭비벽은 수전

노의 광기와 똑같은 것이다.

그는 프랄린의 집 초인종을 눌렀다.

"오랜 친구 라바르비네와 헤어질 생각입니다." 알랭은 프랄린의 의자 맞은편에 있는 소파에 몸을 길게 늘이며 말했다.

처음에는 아무도 입을 열지 않았다. 그러나 세 사람의 얼굴에 똑같은 생각이 그려졌다.

프랄린은 속으로 화를 냈다.

'왜 짐짓 이런 짓을 꾸미는 걸까? 마약을 끊은 적이 없고 지금 이 순간에도 마약에 절어 있으면서.'

결국 그녀가 입을 열었다.

"무엇이 되고 싶은 거죠?"

그녀는 야유조의 말투를 감추려는 노력을 조금도 하지 않았고, 알랭이 눈치채지 않을 수 없을 정도로 대놓고 위르셀 쪽을 바라보았다. 위르셀도 자기만큼이나 짜증이 났음을 그녀는 알고 있었다.

알랭은 오로지 냉소로 대꾸했다. 세 중독자는 알랭이 그들과 한 배를 탄 운명이라는 사실을 너무도 잘 알고 있는 터라 더는 말이 필요 없었다. 자기들도 그토록 털어놓고 싶은 고백을 알랭이 앞질러 털어놓았더라면 불쾌했을 것이다.

파이프를 다 피운 프랄린은 위르셀과 함께 썼던 쟁반을 치운 다음 작고 통통한 몸을 쿠션 깊숙이 파묻고 석회 장식의 작은 벽난로에서 타오르는 은은한 불꽃을 바라보았다.

기본적인 몇 개의 선으로 윤곽을 그릴 수 있는 몇몇 가구들을 제외하고 벽에는 아무것도 걸려 있지 않았다. 몇몇 작은 등과 포장 상자들이 널려 있는 잡동사니 창고용 방에 들어와 있는 느낌이었다. 프랄린은 마약중독자가 아닌 사람들을 맞이할 때면 파이프와 쟁반을 상자 안에 숨긴 후 손님들을 그 상자 위에 앉혔다. 손님들은 허공에 떠다니는 냄새에 대해 막연한 두려움과 매력을 느꼈다. 마약중독자들은 그들을 곁눈질하며 그들이 떠나기를 기다렸다. 프랄린이 다시 물었다.

"당신의 사생활에 대해 질문한 게 아니에요. 하지만 어떻게 할 생각이세요? 파리에 머물 건가요? 뉴욕으로 돌아갈 거예요?"

"뉴욕으로 돌아가야겠죠."

"돈이 떨어졌나보죠?"

프랄린은 심술을 부릴 때면 목소리를 한결 부드럽게 꾸며서 속내를 감추려 애썼다.

"무슨 그런 말을."

프랄린은 어깨를 으쓱거렸다. 그녀를 짜증나게 하는 알랭의 또 다른 특징이었다. 알랭은 왜 노골적이고 약삭빠르지 못해 이 세상에서 제 몫도 챙기지 못하는 것일까? 수단꾼인 그녀는 수단이 좋은 남자를 좋아했다. 마약에 중독되었다고 제 이익을 챙기지 못하란 법은 없다. 오히려 정반대로 알랭의 왼쪽에 있는 저 작은 등 뒤에서 수많은 잇속을 챙겼다.

조바심을 견디다 못해 그녀는 불쑥 화제를 바꿨다.

"뭐라도 드실래요……"

그녀는 잠깐 말을 멈췄다. '우리와 함께 아편을 피우실래요? 아니면 헤로인?' 이렇게 덧붙일 참이었다. 아니다, 알랭은 아무런 말도 하지 않았고 그런 탓에 위선자 취급을 받았다. 한참 동안 침묵한 후에 그녀는 다시 입을 열었다.

"……그러니까 위스키를 드시겠냐는 뜻이었어요. 아니면 샴페인이라도?"

"샴페인이라! 어느 젊은 친구 집에 가서 샴페인을 흥청망청 마셨던 기억이 나는군요."

알랭은 얼굴을 붉혔다. 그는 숨 돌릴 틈도 주지 않고 맞받아칠 생각은 없었다. 별로 소질도 없는 말장난식의 몰아치는 대화는 일찌감치 포기했던 터였다. 가끔 그가 대화 상대자로는 위험하다는 평을 들었다면 그것은 그의 실언 탓이었다. 과거의 프랄린에 대한 암시는 이런 밀폐된 방의 분위기를 발칵 뒤집어놓았다. 끽연실이란 곳에서 과거를 암시하는 것은 예의에 벗어난 짓이다. 프랄린은 한때 어린 아기처럼 신선했다. 그녀의 눈에 비친 세상은 명랑했다. 입술은 혈기로 통통하게 부풀어 있었다. 남자들은 그녀 집에 무리를 지어 몰려왔지만 아무도 오래 머물지 않았다.

"알아들었어요. 나는 더 이상 젊지는 않지만 어쨌든 샴페인은 대접하겠어요…… 당신은 지금 다른 것을 끊은 상태니까요."

"아니요, 위스키를 주세요."

프랄린이 종을 울렸다. 늙은 하인이 그녀의 말에 따라 곧바로 알랭이 청한 것을 가져왔다. 매독으로 머리카락과 이가 빠진 이 남자는 주변 사람들에게 눈길도 주지 않고 방 안을 돌아다녔다. 둘러본들 무슨 소용이 있을까? 그는 경찰이 물어보면 어떻게 대답해야 하는지 잘 알고 있었다. 그가 야행성 음란 행위로 물의를 일으키는 것을 지겨워하는 관할 경찰로부터 자신을 보호하기 위해 그는 프랄린과 그녀의 고위층 친구들이 필요했다.

알랭은 잔에 위스키를 따랐다. 꽤나 긴 침묵이 흘렀다.

알랭보다 한 발 먼저 온 위르셀은 이미 몇 모금의 아편을 피웠던 터라 평소만큼 말을 많이 할 수 없었다. 그러나 비쩍 마른 얼굴에 훤히 벗어진 이마 아래로 툭 불거진 그의 눈알은 파이프를 보다가 알랭을 바라보았다. 그의 긴 다리가 이따금 헐렁한 바지통 속에서 꿈틀거렸다.

알랭은 소파의 가장 어두운 구석에 앉아 애써 시선을 돌렸다. 소파에는 개밥의 도토리 같은 토토트, 그 끔찍한 토토트가 위르셀의 뒤에서 혼자만의 쟁반을 들고 있었다.

가끔씩 조그맣게 담배 타는 소리가 들렸다. 열대 음식의 냄새가 사람들의 코 안에 퍼졌다.

길게 한 모금을 들이켠 후에 위르셀이 마침내 입을 열었다. 침묵을 깬 것을 후회했지만 알랭을 꾸짖는 위선에서 은근한 쾌감을 느꼈다. 그러나 말하고 싶은 욕구가 너무 강해서 가끔은 꽤나 허물없이 나서는 꼴을 보이기도 했다.

"마약을 끊는 과정이 기묘하죠? 그렇죠?"

"기묘하죠."

다시 침묵이 흘렀다. 그리고 토토트의 날카로운 음성이 들렸다.

"이분들이 너무 격식을 차리시네."

알랭은 착한 전도사가 한 발 다가오길 바랐지만 지나치게 싱거운 대답으로 그의 의욕을 꺾지나 않았을까 걱정되었다. 그래서 한두 마디를 덧붙였다.

"마약을 끊는 것, 그것에 대해 듣고 싶으신가보군요. 그게 무슨 소용 있나요? 선생도 나만큼이나 잘 아시잖아요. 지난해에 당신이 얼마나 고통스러웠었는지 기억나는군요."

"이제는 당신이 그렇고요, 가엾은 친구."

마약중독자들의 이 친근한 말투, 그 속에는 늙은 암고양이의 악의가 깔려 있었다.

이번에도 토토트가 끼어들었다.

"눈물 나는 광경이네요."

위르셀은 몹시 고통스러웠지만 철저히 무효했던 아주 끈질긴 시도를 했고 오랜 시간이 흐른 후에야 실패를 고백했다. 재중독된 모습을 보고 안쓰러워하면서도 희열을 느끼는 알랭의 반짝이는 눈에 위르셀은 분통을 터뜨렸다. '나는 알랭보다 의지가 강하지 못해'라고 그는 생각하지 않을 수 없었다.

위르셀은 당장 그렇지 않음을 증명해야만 했다. 자신과 알랭 사이에는 다른 점이 있었다. 자신의 저력을 알랭이 느끼도록 해야만 했다. 그러나 그가 자신을 방어하고 알랭을 공격하기 위해 상상한 것이라곤 알랭의 환심을 사는 것뿐이었다. 적을 끌어안고 섬세한 타락 속에서 함께 뒹구는 것 외에는 할 수 있는 일이 없었다. 그의 작은 생명력은 오로지 피부 반응으로만 발현되었다. 그 피부는 영원히 주변을 흉내 낼 따름이었다.

위르셀은 그날 골라잡은 전략을 구사하기 시작했고, 알랭에게 소중하리라 짐작되는 감정으로 자신을 치장하려 들었다. 그러나 그전에 일단 자신을 불안감으로 끊임없이 고문하는 내밀한 악령을 주문을 통해 퇴치해야만 했다. 살풀이를 해야만 했다.

"빌어먹을, 왜 마약에서 벗어난 척해야 하나요? 우리를 걱정해주는 몇몇 친구들을 기쁘게 하려고, 그 한심한 인간들을 홀로 불행에 남겨두지 않으려고 선의에서 그런 거죠. 그러나 우리는 삶과 죽음의 경계선에 가보려고 마약에 손을 대는 건 아니거든요."

뜬금없이 한통속이란 생각을 강요하고 동등한 입장임을 가장하는 이 '우리'라는 말에 알랭은 매우 불쾌했다. 그는 입술을 깨물고 반박했다.

"우리는 죽어 자빠지지 않으려고 마약을 끊죠. 이 개 같은 삶으로부터 버림받을까봐 두려우니까요."

"아무렴 그렇지요, 겁이 나겠죠." 토토트가 구석에 앉아 빈정거렸다.

위르셀은 알랭의 단호한 말투에 주눅이 들었다. 그는 목표에 다가가지도 못하고 휘청거리면서 자신의 주장을 고집했다.

"마약을 끊으면 우리는 중독 이전 상태, 절망에 빠진 상태로 돌아가겠죠."

알랭이 심드렁한 투로 말했다.

"절망과 마약은 별개의 문제죠. 절망은 생각이고 마약은 행동입니다. 마약을 끊겠다고 분명히 원하지만 막상 그것을 행동에 옮기는 것이 우리를 두렵게 만들지요."

이에 대답할 입장이 된 위르셀은 '우리'라는 말이 귀에 거슬렸다.

"천만에요, 그렇지 않아요." 그는 불쾌감과 조롱기가 반씩 섞인 말투로 말했다. "두려움, 그것은 환상, 삶 자체인 이 끔찍한 중독이 남긴 후유증 같은 겁니다."

알랭이 보기에 위르셀은 상황을 뒤집고 마약을 끊으려 노력했던 것을 부정하려고 잔꾀를 부리고 있었다. 후회에서 벗어나고 실패를 한탄하지 않기 위해서였다. 어떻게 자기 자신에게 거짓말을 할 수 있을까? 대부분의 사람들은 정신이 맑지 않기 때문에 쉽게 오류에 빠진다. 그러나 위르셀 같은 정신을 지닌 사람마저? 그는 말에 취했고 끊임없이 말을 하려고 결코 혼자 있지 않았다.

그의 이런 모든 약점이 펼쳐지는 것을 보고 싶었던 알랭은 말을 아끼고 아주 일반적인 생각만을 드러냈다.

"주제넘게 섬세하게 생각하지 말기로 합시다. 도무지 이 세상에서는 섬세해질 방법이 없어요. 아무리 섬세한 영혼이라도 별수 없이 두 다리로 디디고 걷지요."

토토트가 당장 되받아 소리쳤다.

"그 두 다리라면 내가 아주 좋아하죠. 자, 그 다리가 여기 있어요."

그녀는 쿠션에 파묻혀 그 한심한 육체를 비비 꼬았다.

프랄린은 예리한 눈길로 대화를 따라가다가 토토트에게 쏘아붙였다.

"입 다물어. 아무도 네 말은 듣지 않으니까. 아편이나 피워."

자기 생각에 빠진 위르셀은 비웃음에 무심한 듯 보였고 생각의 흐름을 돌려주는 듯한 말을 내비쳤다.

"우리는 마약에 빠지는 대신에 다른 일을 할 수도 있었을 테지만 어쨌거나 우리의 욕구를 충족시킬 만한 무언가가 필요했을 거예요. 우리는 아슬아슬한 것을 필요로 하잖아요."

그의 말을 듣지 못한 듯 알랭은 공허한 꿈 같은 이야기를 했다.

"마약 외에도 다른 몇몇 나쁜 짓이 있겠지만 그 어느 것도 이것만큼 결정타는 아닙니다."

알랭이 자기 말에 맞장구를 친다고 생각한 위르셀은 호감을 갖고 말했다.

"그렇죠? 우리 모두가 체질적으로 아슬아슬한 것을 좋아했으니까요……"

그는 위험에 대한 취향을 거론하면 알랭의 호감을 살 수 있으리라 생각했던 것이다. 그리고 그의 환심을 산다는 것은 그를 지배하는 것이었다. 왜냐하면 그것은 그를 속이는 셈이 되기 때문이다. 위르셀에게 삶이란 이런 연쇄 고리에 갇혀 있는 것이었다. 그는 결코 자기 자신이 되어본 적이 없었기에 오로지 속일 수밖에 없었고, 그에게 한 존재를 속이는 일은 그 존재를 소유하는 일이라는 착각을 불러일으켰다.

하지만 알랭은 대놓고 폭소를 터뜨렸다.

"아슬아슬한 것이라고! 마약도 마약 나름이죠. 당신의 아편, 그것은 꽤나 평온한 거지요."

"마약을 하든 하지 않든 간에 진정한 감수성을 지닌 모든 존재는 죽음과 광기의 경계선에 매달리지요."

"당신은 죽지 않을 겁니다."

"그렇게 생각해요?"

알랭은 너무 불손한 웃음을 꾹 참았다. 자신의 밑천이 들통 나기 직전이라고 느낄 경우 위르셀의 뻔뻔스러운 태도는 도발적으로 바뀌었다.

"나는 항상 이 세상과 저세상에 한 발씩 걸치고 있는 느낌이 들거든요." 위르셀은 주저하지 않고 대들었다.

"그럴 리가요! 다른 세상이라니! 어떻게 양쪽 세상에 동시에 있을 수 있죠?"

"당신은 그런 적이 한 번도 없습니까?"

알랭은 노골적으로 불쾌하다는 표정을 지었다.

"예전에 말에 취했을 때는 나도 그렇게 생각한 적이 있지만, 그건 끔찍한 농담이죠. 세상은 요지부동, 그대로예요."

"그렇게 믿는단 말이죠?" 위르셀이 분개하여 소리쳤다.

"그렇게 믿습니다."

위르셀은 마약의 시적 품위를 옹호하고 싶었다.

"그래도 거기에는 모든 것을 변형시키는 일종의……" 그가 입을 열었다.

알랭이 말허리를 잘랐다.

"마약, 그것도 여전히 삶에 속하는 세계지요. 마약도 삶과 마찬가지로 지겨운 것이고요."

"아! 아니에요! 그 삶은 어떤 빛줄기가 비추는 삶이에요. 그건 아주 유익한 각성 상태죠. 겉과 속을 아는 겁니다. 양쪽의 세계에 한 발씩 걸치고 있는 거예요."

"정말, 그렇군요. 당신은 다른 세상을 믿고 있군요."

알랭은 더 이상 빈정거리지 않았다. 그는 위스키 잔을 들어 크게 한 모금 들이켰다. 한때 그는 위르셀의 교활함을 섬세한 정신의 산물이라 생각했다. 그런데 이제 이 남자를 이토록 경멸해야만 하는 것에 마음이 그리 편치 않았다.

위르셀은 얼굴을 찡그렸고 자신이 너무 멀리 나갔다고 느꼈다. 그는 몇 달 전부터 자신을 기독교인이라고 생각했다. 그러나 예전에 자신과 어울리던 사교계 친구들을 화나게 하지 않았다는 데 자부심을 느끼던 터였다. 그런데 그 솜씨가 녹슨 것이다. 알랭에게는 똑같은 말이라도 종교적 색채를 가미하지 말았어야 했다. 알랭이 슬쩍 내비치는 세속적 어투가 반시(反詩)적이라 충격을 받은 그는 알랭의 말투에 엄격한 도덕이 숨어 있는 것은 아닌지 의심했다. 하지만 그는 가던 길로 계속 가는 수밖에 없었다. 그는 목청을 높여 소리쳤다.

"이 양반아, 내가 사용한 단어 하나를 꼬투리 삼아 싸우려 들지 마세요. 나는 절대 말장난을 하는 게 아니라 내게 편리한 단어를 사용하는 거예요. 어느 날 문득 신비주의자들의 언어를 사용하는 내 모습을 발견한 적도 있죠. 그런 말을 쓰지 말고 살아야 할까요? 당신은 광신도도 아니고 체계적인 것을 혐오하니까 우리 모두에게 낯설지 않은 사실 하나를 인정할 겁니다. 우리 모두는 이런저런 방식으로 우리 내면의 최선의 것, 우리 일상적 삶에서 가장 생생한 불꽃을 드러내놓지 못한다는 느낌을 가지고 있고, 동시에 그런 것이 소실되지 않는다는 느낌을 가지고 있다는 사실 말입니다. 그렇게 생각하지 않나요? 우리 속에서 솟구치면서도 삶에 의해 질식당한 그런 생명력은 소실되지 않죠. 그것은 어디엔가 축적됩니다. 우리 육체의 힘이 기우는 날에도 결코 와해되지 않는, 파괴되지 않는 창고 하나가 있는 셈이고 그것이 우리의 신비로운 삶을 보장하는데……"

위르셀이 말을 멈췄다. 토토트가 버럭 분통을 터뜨렸고 알랭은 더욱 적대감을 품고 위르셀을 바라보았다.

"나는 내 자아 속에 또 다른 자아가 있다고 느껴본 적이 한 번도 없어요."

조금 더 긴 비명이 알랭을 공격하자 알랭은 뚝 말을 멈추었다. 그는 위르셀의 잔꾀, 아주 내면적 잔꾀라서 꾀를 부리는 사람만을 속일 수 있는 잔꾀가 다시 전개되는 데 놀랐다. 그러나 위르셀은 자기 자신을 속이면서 마음의 평화를 얻었다. 우선 그는 이렇게 생각했다. '나는 마약을 피워서 타락한 것이 아니라 타락했기 때문에 마약을 피운다.' 알랭도 익히 아는 논리다. 그다음에 이렇게 덧붙였다. '따지고 보면 나의 타락은 겉모습에 제한되며, 한쪽에서 잃은 것은 다른 쪽에서 얻는다.'

이런 논리 속에서 허세를 빼면 어떤 진지한 것이 있을 수 있는지 살펴보는 일은 알랭의 능력 밖의 일이었다. 기독교인이 무엇인지에 대해 알랭은 그 어떤 생각도 해본 적이 없었다. 바깥세상에서는 견디지 못했던 것에, 창문을 꼭꼭 닫아걸고 다시 생명을 불어넣고자 하는 이 욕구, 한쪽에서 파괴했다가 다른 쪽에서 다시 세우려는 삶에 대한 이 역설적 취향이 어떤 것인지 알랭의 머리로는 그려지지 않았다.

그러나 지금의 경우, 바람기 많은 한 남자, 감정과 사상을 공연히 복잡하게 꾸며대는 책략가가 일시적 필요에 따라 만든 입장에 안주하는 그 뻔뻔함에 분노하기 위해서는 약간의 안목만 필요할 따름이었다.

더구나 타인에 관련해서 알랭은 있는 그대로의 사실을 결코 무시하지 않았다. 위르셀이 목숨을 걸고 젊은 사람들의 환심을 사려 했던 사실을 알랭은 잊지 않았다. 처음에 그들에게 성공을 가져다주었던 장점이 나중에 독이 되어 돌아왔다. 그는 젊은 사람들을 놀라게 했지만 마를 줄 모르는 장광설로 그들을 금세 지치게 만들었던 것이다. 그 때문에 낙담한 그는 세상이 싸늘하다고 느낀 나머지 프랄린의 등불 밑으로 피신했다. 예전에 사람들은 그런 식으로 나이를 먹어갔다. 이것이 있는 그대로의 사실이었다. 그러나 두려움이 불러들인 위선이 무대에 등장했다.

알랭은 위르셀과 뒤부르를 비교해보았다. 뒤부르도 그나마 남아 있던 생명력을 건져보려고 그의 삶을 통제 불가능한 세계 속으로 옮겨버렸다.

어쩌면 그런 행동은 상상력과 생각으로 사는 모든 사람에게 공통된 것일지도 모른다. 특히 그들이 중년의 나이에 이르렀을 때 말이다. 그러나 결코 자기 삶을 살지 못했던 알랭의 열정과 광기, 그것은 사람이란 단 하나의 차원에서 살 수도 있으며 자신의 모든 생각을 행동 하나하나에 걸 수도 있음을 의미한다. 그렇게 할 수 없기에 그는 죽음을 요구하는 것이다.

길게 말씨름할 수 없었던 알랭은 목구멍까지 치미는 욕설을 어렵사리 삼키며 분개한 낮은 목소리로 같은 말만 되풀이했다.

"내가 아는 것은 나 자신뿐이지요. 삶, 그건 나 자신입니다. 그게 지나면 죽음뿐. 나라는 것, 그건 아무것도 아니지요. 죽음, 그건 더 더욱 아무것도 아닙니다."

위르셀은 폭력을 끔찍이 싫어했다. 알랭이 화를 낼까봐 두려웠던 그는 알랭의 절제된 공격을 받으며 끓어오르는 분노를 억눌렀다. 게다가 알랭의 짧은 몇 마디 말에서 항상 자신을 압도하는 엄정성을 느꼈다. 하지만 그는 말을 계속해야만 했다. 우선 무서운 침묵을 피해야 했기 때문이다. 또 그가 여기저기서 얻어들은 생각들, 자신의 약점과 악습을 무척이나 훌륭하게 변명해주는 생각들을 변호한다는 것은 자신의 목숨을 옹호하는 일이기도 했다. 그래서 그는 거의 애절하고 부드러운 말투로 이야기를 이어갔다.

"우리가 삶이라고 일컫는 것, 또 죽음이라 일컫는 것. 그런 것은 보다 은밀하고 보다 넓은 어떤 하나의 측면 중 일부에 불과합니다. 우리는 다른 어떤 것에 도달하기 위해 전속력으로 죽어가고 있는데……"

토토트가 공격받은 뱀이 머리를 치켜들듯 쿠션 사이에서 몸을 일으켰다.

"왜 하고 싶은 말을 돌려 말하죠? 입안에서 뱅뱅 돌고 있는 단어를 그냥 말해봐요. 신이라는 말을 하고 싶은 거잖아요."

이 한심한 여자에게서 등을 돌리고 있던 위르셀은 놀라서 어깨를 움칫거리더니 프랄린을 향해 비난의 눈길을 쏘아 보냈다.

프랄린은 경멸과 장난기가 섞인 시선으로 토토트를 바라보았다. 프랄린은 무슨 이유로 못생긴 데다 입까지 험한 이 여자를 초대한 것일까? 토토트는 탄탄한 재력 덕분에 한때 프랄린의 애인이었지만 프랄린을 버린 남자를 곁에 두는 데 성공한 터였다. 그래서 프랄린은 천천히, 그리고 간헐적으로 복수하기 위해 이 흉측하게 생긴 여자를 지근거리에 두었다.

그 남자는 죽었다. 연약하고 고집스럽고 쉽게 믿고 자신이 논리적이라고 자랑하고 싶어 했던 그는 총체적 전복을 구성했다고 자만했던 몇몇 개념들을 뒤죽박죽 섞어버렸다. 신에 대한 강박관념에 사로잡힌 그는 무신론자라고 자처했지만 그의 모든 분노는 결국 이원론으로 귀결되고 말았다. 그는 세상을 두 쪽으로 보았고 차례로 혼동되고 대립되는 신과 악마에 대해 끊임없이 떠들었다. 그는 자신이 공산주의자라 믿었으나 그의 사고는 몹시도 짧아서 내일 없는 파국이 될 혁명의 개념에 만족하고 말았다. 그는 또한 사디스트이기도 했다. 결국 그는 마약으로 죽음을 자초했다. 토토트는 그의 증오심을 고스란히 물려받았다.

그녀는 분노에 차서 자신을 둘러싼 침묵의 한복판에 뛰어들었다.

"위르셀, 결국 나는 이 세상에서 마주칠지 모를 사람 중에서 가장 완벽한 신성모독꾼인 당신을 축복해야만 하겠군요. 종교를 죽이는 데 당신만큼 뛰어난 사람은 없죠. 마약과 기도를 혼동하는 것, 그건 완전히 웃기는 건데……"

"그만해." 프랄린이 말을 잘랐다.

잠시 후, 위르셀이 알랭에게 말했다.

"계속해봅시다. 나는 누가 뭐래도 우리가 서로를 이해할 수 있으리라 믿어요. 모험에 대한 당신의 취향에서 내가 느끼는 것은……"

소심한 성격 탓에 위르셀은 난처한 지경에 빠지고 말았다. 토토트의 공격을 받은 그는 알랭에게 의지하려는 듯 알랭 쪽으로 몸을 돌렸다. 그 바람에 그는 알랭을 대할 때 조심해야 할 점을 몽땅 잊고 말았다. 처음부터 알랭을 자극했던 단어를 무심코 되풀이해버린 것이다.

"모험이라니! 당신은 진정 당신이 어떤 모험을 감행한다고 믿는 건가요? 무슨 모험이란 말이오?"

위르셀은 깜짝 놀랐고, 한결 배가된 놀라움을 억지웃음으로 얼버무리려고 애썼다.

알랭의 목소리가 떨렸다. 잠시 후 정신을 가다듬은 그는 말을 이어갔다.

"당신은 정신을 진정시키려고 작고 귀여운 방법을 찾아냈지요. 그걸 제외하고 도대체 무슨 모험을 했다는 건가요? 아편을 피우는 것? 아편을 피우며 일흔 살까지 사는 사람도 있어요. 위험을 감수한다는 건 오로지 스스로를 멍청하게 만드는 일이지요."

알랭은 말을 멈추고 위르셀을 바라보다가 갑자기 웃음을 터뜨렸다. 대화가 결국 한 바퀴 돌아서 원점으로 돌아왔다는 생각이 들었다. 알랭을 구슬러보겠다고 위르셀이 반 시간 전부터 위선적으로 들먹거린 모험이란 개념이 해명되어야 할 때가 된 것이다.

위르셀은 쿠션 위에 몸을 눕히며 고통에 찬 표정으로 하늘을 쳐다보았다.

"물론, 결국 짧게 살다보면 적게 쓰게 되겠죠." 알랭은 천천히 말을 마무리했다. "그리고 그다음에는? 어쩌면 그런 것이 불편해질 수도 있겠지요? 심지어 당신을 아주 거북하게 할 수도 있을 테지요? 당신이 그토록 내게 말하고 싶었던 모험이 바로 그런 것일 겁니다."

알랭은 너무 멀리 가버렸다. 프랄린이 불쑥 쉿소리로 쏘아붙였다.

"아무 말이나 편한 대로 하는군요."

알랭이 흠칫 움츠러들었다.

"예전에 당신도 글을 쓰려고 했던 것 같은데. 당신도 글을 통해 만족감을 기대했다는 사실을 잊어버렸나보죠?"

알랭은 금세 긴장이 풀렸다. 알랭이 모험에 대해 언급한 위르셀을 못마땅하게 여긴 이유는 자신이 그 모험의 본질을 잘 알고 있었기 때문이다. 그의 입장에서 모험이란 다른 모험들보다 훨씬 심각한 것이었다. 그도 살다가 첫번째 내리막길을 만났을 때 몸을 던졌다. 그러나 그는 그 끝까지 내려갔던 사람이다. 무슨 일이 일어나도 그는 어디에 매달리거나 어떤 구실을 들어 멈추지 않았다.

그러나 프랄린은 방금 알랭의 민감한 부분을 건드렸다. 그가 종종 그런 문제를 자문해보지 않은 것은 아니었다. 이 모든 혐오감은 바로 나의 범속함에서 비롯된 것은 아닐까? 그러나 그는 어제저녁에 잠깐 동안 원고지와 잉크병을 마주했던 것을 떠올렸다. 그가 생각하고 글을 쓰면서 자신의 욕망과 삶의 연장을 수긍했던 것은 위르셀보다 더욱 강하게 어떤 비명에 사로잡힌 느낌을 받았기 때문이라는 생각이 들었다.

게다가 알랭은 프랄린의 엄혹한 태도가 어떤 종류의 오래된 원한에서 비롯되었는지 알고 있었다. 그는 그녀가 살아보려고 발버둥칠 때의 모습을 보았다. 그 시절 사람들은 그녀의 집에 샴페인을 마시러 왔을 뿐 마약은 하지 않았다. 하루는 그녀가 집에 왔던 남자들 중 하나를 붙잡아두려고 했다. 그러나 두 시간 후 그는 실망해서 도망쳐버렸다. 왜냐하면 그녀가 돈을 몽땅 밤의 축제를 위해 써버려서 남자에게 줄 것이 남아 있지 않았기 때문이다.

알랭의 생각을 읽은 프랄린은 그에게 대들려고 했다.

"위르셀은 다른 사람들보다 더 큰 모험을 하고 있어요. 그는 다른 사람들보다 잃을 게 훨씬 많으니까요."

알랭은 굳은 표정으로 고개를 끄덕거렸다.

"자기 작품을 써야만 해요." 그녀가 이야기를 마무리했다.

그녀는 감정에 치우친 나머지 평소의 처세술을 잊고 과장된 어투로 말했다.

위르셀은 몹시 짜증을 냈다.

"제발 이제 그만하지……"

"작품이라, 그게 무슨 말이죠?" 알랭이 분을 억누르고 물었다.

"배 속에 뭔가 있을 때는 그것을 꺼내야죠. 당신은 그게 뭔지 모를 거예요."

"할 말이 있다면 한 번 이야기하는 것으로 그만이지 되풀이할 필요는 없지요."

"한심한 친구, 자네는 그게 뭔지 도무지 모르는구먼."

그 어느 때보다도 창백해진 알랭은 위스키를 한 모금 들이켰다. 그리고 불쑥 위르셀을 돌아보았다.

"도대체 그놈의 글은 언제부터 쓴 건지 원."

프랄린이 반박하려고 다시 자세를 취했지만 위르셀이 격렬한 동작으로 그녀의 말을 가로막았다.

씁쓸하기도 한, 그렇다고 받아들이기가 그다지 쉽지도 않은 확실한 사실을 되씹으며 알랭은 소파 깊숙이 몸을 눕혔다. 그는 다시금 위르셀과 뒤부르를 비교하며 생각에 잠겼다. '그들을 삶에 붙잡아두는 것이 뭐란 말인가, 작품이라고!' 그는 무상성이라는 자신의 생각에 흠뻑 빠져들었다. 댄디즘에 빠진 순진한 그는 만사가 덧없고 내일이 없는 허망한 것이라 믿었다. 허무 속에서 사라져갈 한 줄기 반짝거림.

위르셀의 경고에도 불구하고 프랄린은 다시 속내를 내보였다.

"당신 말이 가소롭군요. 당신도 우리처럼 마약과 삶 사이에서 적당히 타협할 거예요."

알랭은 슬며시 눈을 내리깔았다.

"그만해." 위르셀이 소리쳤다.

그는 프랄린이 자신을 위해 어설프게 역성을 드는 것이 매우 거북했다.

프랄린은 문득 부끄러워졌다. 그녀는 진심으로 위르셀이 아주 좋은 사람이라고 여겼다. 그도 자기처럼 무례하고 개인주의적이며 진정으로 섬세한 배려는 거의 하지 않는다는 사실을 그녀도 알고 있었다. 하지만 그녀 생각에 그는 가끔 아주 그럴듯하게 체면을 차릴 줄 알았고 그 점에서 그를 존경했다. 그녀는 자신은 그럴 만한 재간이 없다고 느꼈고 그럴 때마다 수치심을 느끼곤 했다.

다른 한편으로 그녀가 살아오면서 배운 것이 있다면 그것은 결코 다른 사람이 자신을 무시하도록 내버려두지 말아야 한다는 사실이었다.

"결론적으로 위르셀 당신은 이제부터 여기 오지 말고 아편도 피우지 않는 게 좋겠어요." 그녀는 오랜 친구에게 쏘아붙였다.

그러나 그녀는 금세 겁이 났다. 위르셀이 불쾌해할까봐 겁이 난 게 아니라 그녀의 말이 일으킬 파장이 두려웠다. '아편은 내 젊음의 마지막 나날을 앗아갔을 뿐 아니라 젊음의 재능까지도 앗아갔다.'

그렇다 해도 노회한 생명력을 지닌 그녀가 이토록 암담한 관점에 주저앉을 수는 없는 노릇이었다. 그녀는 금세 생각을 추슬렀다.

"농담 삼아 한 말이에요. 위르셀, 당신은 불사조 같아요. 알랭, 위르셀에게 최근에 지은 자작시를 보여달라고 하세요. 아주 감미롭거든요."

"대충 얼버무리는 방식이군." 토토트가 투덜거렸다.

아까 전부터 위르셀은 파이프에 아편을 신경질적으로 구겨 넣고 있었다.

알랭은 자리에서 일어나 서성거리기 시작했다. 그는 속으로 생각했다.

'이 모든 게 얼마나 치욕인가. 삶은 우리를 어디까지 모욕할 수 있는가. 그러나 나는 남보다 앞질러 죽음으로 들어갈 테다.'

따지고 보면 알랭에게는 기독교인다운 점이 있었다. 그러나 기독교적인 것을 넘어서서, 비록 자신의 허약한 점을 당연지사로 수긍하면서도 허약한 면과 타협하거나 그것을 일종의 힘으로 삼으려고 애쓰지도 않았다. 그는 차라리 부러질지언정 완강한 쪽을 더 좋아했다.

알랭이 말했다.

"나는 가야겠습니다."

그는 작별 인사를 하려고 일어나 프랄린에게 다가갔다. 그러한 돌발 행동이 분위기를 바꾸었다. '결국 어디로 가겠다는 걸까?' 사람들은 자문했다.

"우리 친구 알랭, 곧 우리를 보러 또 올 거예요." 프랄린이 불안한 목소리로 말했다.

"우리 집은 사람들의 발길이 필요해요." 토토트가 말했다.

"암, 그렇고말고."

"나는 당신이 좋아요. 우리는 오랜 친구죠. 슬퍼하지 말아야 해요."

"위르셀이 당신에게 시를 읽어줄 거예요." 토토트가 덧붙였다.

"잘 가요, 알랭." 위르셀이 아첨과 두려움, 증오와 사랑과 같은 모든 감정을 웃음으로 얼버무리며 말했다. 알랭이 나가자 프랄린이 소리쳤다.

"이제 아주 참기 힘든 사람으로 변했어요. 따지고 보면 낙오자, 시기심에 불타는 사람이에요."

"실없는 소리 하지 마요." 위르셀이 침통하게 말했다. "아주 불행하고 매우 착한 사람입니다."

"그래요, 맞아요. 아주 불행한 사람이죠." 프랄린이 말했다. "끝이 아주 안 좋을 거예요…… 하지만 자살하지는 않을 거예요."

"당신이 뭘 안다고?" 토토트가 쏘아붙였다.

그들은 다시 아편을 채운 파이프를 들었다.

무슨 이유로 알랭은 삶을 지속하는가? 이미 산전수전 다 겪지 않았나? 그리고 자살하기를 원한다면 노동에서 풀려난 온갖 욕망이 도심에 전속력으로 몸을 던져 가공할 만한 소용돌이를 일으키는 저녁 일곱시 혹은 여덟시가 가장 좋은 때가 아닐까? 그러나 아니다. 삶은 습관에 불과하며, 습관이 당신을 붙잡고 있는 한 삶도 당신을 붙잡고 있다. 평생 동안 매일 그래왔듯이 그는 저녁 다섯시부터 새벽 두시까지 나들이를 한다. 이제 라보의 집에 가야 할 시간이다.

라보의 집에 가는 것은 항상 끔찍했고 이번은 여느 때보다 더 끔찍했다. 무엇보다도 집이 매력적이었다. 집부임에도 불구하고 삶을 고상하고 자유롭게 만끽할 줄 알았던 라보 부인은 문과 창이 달린 튼튼하고 아름다운 석조 건물을 짓겠다는 생각을 했다. 아무 장식이 없고 반드시 필요한 것만 갖춘 건물 말이다. 그런데 그 필요한 것이 가장 완벽한 장식을 구성했다.

그 모든 것이 단순하고 튼튼했다. 알랭은 이곳을 방문할 때마다 성격이나 환경 탓에 그에게는 결핍된 어떤 것, 삶을 단호하고 솔직하게 받아들이는 결단을 얼핏 감지하곤 했다.

알랭은 현관 앞에서 잠깐 멈춰 섰다. 위스키를 석 잔 이상 마시지 않았던 터라 취하진 않았다. 미량이지만 마약이 몸에 흐르는 것만으로 족했기 때문에 주삿바늘을 찌르고 싶은 생각도 그다지 들지 않았다. 그를 압도하는 어떤 조화가 감도는 집, 그런 라보의 집에 점잖은 옷차림으로 방문하는 것이 그는 흡족했다.

거실로 들어갔다. 솔랑주 라보 주변에 몰려 있는 사람들을 비집고 그녀에게 다가갔다.

누구나 그녀를 원하고 존중했기 때문에 그녀는 모든 남자에게 베풀었던 그 우아한 미소를 지으며 알랭에게 손을 내밀었다. 그녀 세대의 여인들한테서 그녀처럼 완벽하고 친근한 아름다움은 본 적이 없었다. 벼락출세한 사람들의 거만함에 아직 물들지 않은 그녀는 정중했다.

따뜻한 음성이 울려 퍼졌다. 너무 뻣뻣하고 마른 꺽다리 시릴 라보가 알랭에게 손을 내밀었다. 그의 추한 얼굴은 부인의 아름다운 얼굴만큼이나 매력적이었다. 그가 부인을 참으로 건전하고 말끔하고 쾌활한 사랑으로 감싸고 있어서 그녀는 더욱더 완벽한 피조물처럼 보였다.

라보는 알랭을 그녀의 친구들 사이로 다정히 이끌었다. 남자가 셋, 여자가 셋이었다. 알랭은 여자는 모두 알고 있었고 남자는 두 사람만 낯이 익었다.

"마르크 브랑시옹 씨는 알지?"

"아니."

"그냥 하는 말이겠지."

사실 그것은 그냥 하는 말에 불과했다. 영웅들은 알려지게 마련이다. 예전에는 공공장소에서 보았고 지금은 영화에서 볼 수 있다. 머지않아 그들의 가장 은밀한 일거수일투족까지 텔레비전을 통해 유리알처럼 투명해질 것이다. 그러면 완벽한 형제애가 흘러넘칠 것이다.

브랑시옹은 호걸다운 생김새였다. 매독으로 납빛이 된 혈색에 몇 차례의 사고로 부러진 이빨. 살인과 도둑질을 한 이 남자를 사람들은 대단한 존경심을 갖고 바라보았다. 우리 시대의 주인공들과는 달리 그는 그런 짓을 제 손으로 직접 저질렀기 때문이다.

알랭은 브랑시옹을 바라보았지만 그는 알랭에게 눈길도 주지 않았다.

"포르토를 마시겠나?"

라보는 항상 아주 좋은 포르토를 가지고 있어서 칵테일파티를 주최하는 것을 마다했다. 그는 어머니의 전통을 지켰다. 그러면 아버지의 전통은?…… 아버지의 전통도 있을지 몰랐고, 그렇다면 그는 왕자, 화가 혹은 서민 출신의 배우 등 여러 아버지 중 하나를 골라야만 했다. 현명하게도 그는 어머니의 전통만 따르면서 사생아의 넉넉한 신비주의와 희귀한 자유를 누렸다.

"사모님, 식사가 준비되었습니다."

우리는 거실에서 식당으로 자리를 옮겼다. 이 집에서 마음에 드는 점은 빈구석이 없다는 점이다. 물건들이 지나치게 많지는 않았지만 가구며 그림이며 모두 섬세했다. 쓸모없어 보이는 모든 것이 비밀스러운 쓸모를 지니고 있었다. 그것이 프랄린의 집과 다른 점이었다.

요리는 시골 여자가 은근한 불로 오랫동안 조린, 전원 냄새가 풍기는 좋은 요리였다.

알랭은 자리에 앉아 주변 사람들을 둘러보았다. 한 번도 자신과 헤어진 적이 없었던 이 존재들이 마음에 들었다.

미냐크만 제외한다면. 그는 자신과 무척 닮았다. 지금 자신의 모습이 아니라면 적어도 예전의 자신과 무척 닮았던 터라 알랭은 그를 증오했다.

알랭은 안과 마리아 사이에 앉았다. 이들은 브랑시옹의 전부인들이었다. 지금의 부인인 바르바라는 시릴의 오른편에 앉아 있었다. 브랑시옹은 솔랑주의 오른쪽, 안의 건너편에 앉았다. 브랑시옹은 프랑스에 돌아올 때마다 스물네 시간 만에 여자와 결혼한 후 출국하는 날에 헤어졌다.

'저 사람도 여자를 꽤나 사귀었지. 도둑질도 하고 살인도 하면서 아시아를 손바닥 보듯 꿰뚫고 있기도 하지. 내가 누구인지 안다면 나를 경멸할 거야. 하지만 나를 알 수 없을 테고 나를 볼 일도 없을 거야.

이 사람들은 모두 잘살고 있어. 외모도 괜찮은 편이고. 미냐크는 불그레한 얼굴을 보란 듯 들고 있군. 새벽 네시에 잠자리에 들었겠지. 정오 전에 벌써 두 시간 정도 승마를 하고 증권시장에 가서 돈을 벌지. 과거에는 나도 밤에 그와 함께 나돌아다녔는데. 그도 나만큼 이나 사는 게 뭔지를 깨닫는 데는 무능한 사람이야.

무슨 이야기를 하고들 있는 걸까?'

저들은 안이 곁에만 가면 입을 다무는 듯했다. 그녀가 멍청한 것일까? 쓸데없는 질문이다. 그녀는 매력적이었고 차분히 웃고 있었다. 그녀에게는 정부가 있었고 그녀는 정부에게 만족했다. 처음에는 바람도 피웠지만 서서히 정부한테 빠져들어, 이제 그녀는 자신의 주인의 따스한 창자 속에서 웅크린 채 자고 있었다.

시릴은 크게 떠들고 웃으며 이 사람 저 사람의 이름을 한꺼번에 불러댔다. 이 시간대야말로 그의 존재 이유이다. 그는 서두르지 않고 그렇다고 게으름을 피우지도 않으면서 어머니가 남겨준 불확실한 유산을 야금야금 갉아먹고 있다. 투렌에 있는 집은 벌써 팔아치웠다. 그는 한 해가 시작되면 끝날 때까지 내내 친구들과 어울려 침대용으로 만든 듯한 풍만하고 섬세한 솔랑주, 그녀의 육체와 지극히 세속적인 매력을 지닌 그녀의 환한 미소를 흔쾌히 맞아들였다.

그녀의 정신세계는 소략했다. 쾌락뿐이었다. 그리고 그녀의 쾌락은 다른 사람의 그것과 쉽사리 뒤섞였다. 열여섯 살에 그녀는 풍족하지만 지루한 가족을 떠나 고급 창녀가 되었다. 마농 레스코처럼 환락을 주는 진짜 창녀. 지금은 시릴과 결혼하여 그에게 그녀만큼 예쁜 딸들을 낳아주었다. 그녀는 이미 두 차례 결혼했는데 그것이 그녀를 사교계 여자들과 비교하게 만드는 유일한 약점이었다. 그녀는 돈을 원했지만 시릴이 가진 것보다 더 많이 원하지는 않았다. 사랑에 흥을 더할 수 있을 만큼의 돈, 돈에 흥을 더할 수 있을 만큼의 사랑. 현재로서는 그녀는 시릴을 사랑한다. 그녀는 항상, 그리고 오랫동안 사랑에 빠져 있었다. 오, 계절이여! 오 침대여!

그녀가 브랑시옹도 좋아했을까? 브랑시옹은 시릴보다 나았고, 미냐크보다 나았고, 포샤르보다 그리고 모든 사람보다 나았다.

"브랑시옹, 내 친구 알랭이 자네를 뚫어지게 쳐다보고 있네." 시릴이 말했다.

브랑시옹은 알랭은 거들떠보지도 않고 시릴만 보며 차갑게 웃더니 솔랑주와 이야기를 계속했다. 시릴은 질투하지 않았다. 그는 이 여자를 몇 년 정도 데리고 살 생각이었다. 그는 섹스도 잘했고 돈도 200만 프랑 정도 남아 있었다. 그다음에는? 그다음에는 그의 젊음도 끝날 것이다. 그리고 그는 능란하게 새로운 삶을 꾸밀 줄도 알 것이다.

'이 사람들의 안정과 평안.' 알랭은 어른들에게 아주 천박하고 단순한 충고를 들었지만 삶에 써먹을 줄 모르는 아이처럼 멍청히 되뇌었다.

이런 순진성이 무슨 쓸모가 있는가?

솔랑주의 왼쪽에는 브랑시옹에게서 마리아를 빼앗아 간 포샤르가 있었다. 마리아는 러시아 여자였다. 통나무를 깎아 만든 듯한 얼굴과 몸을 가진 시골 여자. 포샤르는 애꾸에 머리가 흉측하게 벗어졌고 아무렇게나 입고 다녔으며 말주변도 없었다. 그래도 마리아는 그를 사랑했다. 그의 청혼은 거절했지만 그의 집에서 살았다. 그의 집에서 자고 그의 개들, 그의 아이들과 놀고 담배를 피우고 사탕을 먹었다. 책이라곤 펼쳐본 적이 없었고, 외국어는 대여섯 개 할 수 있었지만 글은 겨우 쓸 줄 아는 정도였다.

포샤르의 아버지는 일을 엄청나게 많이 한 사람이었다. 아버지의 뒤를 이어 공장의 사장 자리를 떠맡겠다는 결심을 하기까지 포샤르는 무척이나 망설였다. 그는 무엇보다도 여자들을 은밀히 구매하는 데 시간을 아낌없이 쏟아붓고 있었고 돈도 그다지 궁하지 않았기 때문이다. 그러나 그는 몹시 평범해 보이는 가업을 내동댕이칠 만큼 기이한 인물도 아니었다. 따라서 군소리 없이 자신의 무절제한 성향을 억누르고, 생각과 결정을 하는 성실한 모습을 보여주었다. 다른 한편으로 그는 마리아 같은 여자가 자신이 외면했던 자유를 여유롭게 누리는 데 흡족해했다. 그는 일에 길들었고 부풀어버린 가슴을 다른 사람의 가슴 속에 이식할 줄 아는 사람 축에 속했다. 이런 남자는 얼핏 보면 무척 무덤덤하다. 알랭은 그의 숨겨진 우아함에 매료되었다. 그러나 포샤르는 브랑시옹과 마찬가지로 알랭은 안중에도 없었다. 알랭은 미냐크를 뺀 모든 사람의 마음에 들고 싶었다.

'이 집에 오면 내가 살고 싶어 했을 법한 분위기, 필경 나를 성공하게 했을 법한 곳에 있는 것 같다. 포샤르의 환심을 사고 싶다.'

그는 브랑시옹의 환심도 사고 싶었다. 그리고 여자들의 환심도. 여자로 말하자면 그는 환심을 얻었다. 제각기 남자의 팔짱을 낀 여자들은 자기 남자의 어깨 너머로 그에게 무심한 듯하면서도 상냥한 미소를 보냈다.

'모든 사람이 나를 좋아하며 동시에 아무도 나를 좋아하지 않는다. 나는 외돌이, 정말 외톨이다. 저녁 식사를 한 뒤 여기를 떠나야겠다.'

시릴은 곁눈질로 알랭을 살폈다. 그는 알랭에게 막연한 동정심을 느꼈다. 알랭 자신은 그토록 감추려 했지만 그는 모든 이에게서 동정심을 불러일으켰던 것이다. 시릴은 남 보라는 듯 요란스레 그런 느낌을 드러냈다.

시릴은 몽바지야크 와인을 길게 한 모금 마시더니—최근에 한 상자를 받아두었다가 오늘 저녁 친구들에게 이 따스한 섬세함을 맛보게 해주어서 기분이 들떠 있었다—큰 소리로 외쳤다.

"알랭을 볼 때마다 그 멋진 일화가 떠오른단 말이지. 아침 일곱시에 경찰관이 무명용사 묘역에 누워 있는 젊은이를 발견했거든. 곤히 잠에 빠져 있는 게 술주정꾼 같았지. 그 젊은이는 거기가 제 침대인 줄 알고 시계, 지갑, 손수건을 묘역 횃불 옆에 가지런히 올려두었다는 거야. 머리맡 탁자의 스탠드 곁에 풀어놓듯이 말이야."

솔랑주와 이야기하던 브랑시옹이 얼굴을 돌려 불쑥 시릴에게 물었다.

"뭐라고?…… 그 이야기의 주인공이 누군가?"

시릴이 호탕한 웃음을 터뜨렸다.

"여기 있는 알랭이야. 나는 말이야, 이게 아주 훌륭한 농담거리라고 생각하네."

브랑시옹은 알랭 쪽으로 고개를 돌려 낯빛이 창백해진 그를 묵묵히 바라보더니 다시 솔랑주에게로 얼굴을 돌렸다.

알랭의 이마에 땀방울이 맺혔다. 설상가상으로 솔랑주와 눈길이 마주치자 그는 더욱 창피했다. 브랑시옹의 위세에 눌려 있던 그녀는 악의는 없었지만 가혹하게 알랭을 비웃었다.

침묵이 흘렀고 모든 사람의 표정이 일그러졌다. 시릴은 큰 몸짓과 큰 목소리로 어색함을 떨쳐내면서 다른 사람들의 무안함도 덜어주었다.

알랭은 여전히 식탁 건너편에 있는 포샤르의 동정 어린 시선을 받고 있었다. 미냐크는 요령껏 그런 시선을 거부했다.

이제 끝났다.

그는 술을 들이켰다. 안과 마리아가 그를 상냥하게 바라보자 돌연 취기가 올랐다. 수치심에 의한 불쾌함.

'나도 브랑시옹처럼 되고 싶었는데.' 그는 어린아이처럼 몸을 움츠리며 속으로 조그맣게 중얼거렸다. '너 나 할 것 없이 누구나 똑같은 것을 원하기 때문에 그것을 차지하려고, 모든 이한테서 그것을 빼앗으려고 노력해야만 한다. 그런 다음에야 물건이나 사람 모두를 경멸할 수 있게 된다. 그전에는 안 된다, 그전에는. 그전에는 똑바로 걷는 사람에게 침을 뱉는 절름발이 꼴이 된다. 나는 내게 찾아온 경멸이라는 아름다운 감정을 모독하고 모욕했다. 나의 삶이 발로 짓밟혀 뭉개지는 게 당연하다.'

사람들이 식탁에서 일어났다. 알랭은 다른 방으로 가면서 여전히 신음하듯 조용히 중얼거렸다.

'나는 멍청한 놈이야.'

어떤 이들은 식당에 남았고 어떤 이들은 거실이나 서재 아니면 솔랑주의 방으로 갔다.

시릴은 브랑시옹의 팔을 붙잡고 알랭이 누구인지 설명해주었다. 몸은 파리에 있지만 마음은 아시아에 머물고 있던 터라 세상사를 멀리 내다보았던 브랑시옹이었지만 코앞의 이해관계는 꼼꼼히 따졌다. 그는 시릴이 감싸고도는 인물을 시릴을 대할 때와 똑같은 경멸적 관대함을 가지고 대했다.

"저 사람과 이야기를 해보라고요? 그랬다가는 저 사람이 내 말에 더욱 상처를 입을 텐데." 브랑시옹은 차분히 말했다.

"오늘 저녁에 한마디쯤 친절한 말을 건네주세요."

"그럴 거 같지 않소."

브랑시옹은 미소를 지었다. 그의 틀니가 거만스럽게 보였지만 여인네들은 그 모습을 싫어하지 않았다.

시릴은 서재 한구석에 있는 알랭에게 달려갔다.

"자네와 브랑시옹 사이에 오해가 생겨서 무척 유감이네. 자네를 아시아에서 만났더라면 아마 그도 자네를 좋아했을 거야."

"시릴, 난 자네가 좋아. 내 마음이 상하든 말든 그런 것은 대수롭지 않아. 나는 아시아에 간 적도 없고, 존재하지 않으면서도 두 발로 떠돌아다니는 일은 끔찍하지. 내가 발이 얼마나 아픈지 자네는 모를 거야."

시릴은 알랭의 발을 내려다보지 않을 수 없었다. 그의 눈길은 다시 술기운과 두려움이 교차하는 알랭의 얼굴로 향했다. 알랭은 떨리는 손으로 코냑 잔을 들고 있었다.

"하지만 아시아에서 대의를 위해 헌신한 마르크 브랑시옹 씨를 축하할 수 있다면 좋을 거 같아. 아! 저기 오네."

브랑시옹은 방에 있는 솔랑주와 부인에게 가려고 거실을 지나고 있었다. 그는 문득 걸음을 멈추었다. 알랭은 짐짓 차분한 척 말하려

했으나 과장된 어투로 말문을 열었다.

"선생, 이 말을 하고 싶었습니다. 나도 당신과 마찬가지로 무덤 위에서 자는 게 재미있다고 생각하지 않아요. 무덤을 열고 그 속에 들어가서 눕는 것이 훨씬 쉬우니까요. 아마도 송장이 내게 자기 자리를 내주었을 것 같고……"

그는 장광설을 늘어놓으려 했지만 그의 말에 들러붙은 진지한 어투를 떼어버릴 수 없어서 간결체로 허물을 만회할 수 있으리라 기대하며 말허리를 잘랐다.

"그게 전부요"라고 말하며 그는 마침표를 찍었다.

브랑시옹은 지금껏 그의 말을 듣고 있지 않았던 터라 되물었다. "죄송한데 나는 한 번도 만취한 적이 없고 주정뱅이들의 일화에 대해서는 좋지 않은 편견을 갖고 있어요. 게다가 시릴이 무슨 이야기를 했는지 제대로 듣지 못했습니다."

"당신은 술보다 마리화나를 좋아하지요." 불쾌하다는 투로 시릴이 끼어들었다.

"마리화나뿐 아니라 다른 것들도 시도해보았지요." 브랑시옹이 잘라 말했다.

알랭이 다시 입을 열었다. "나는 한심한 마약중독자죠. 마약, 그건 바보짓입니다. 마약중독자나 알코올중독자, 우리 모두 초상집 개 같은 존재들입니다. 어쨌거나 우리 같은 사람들은 세상에서 아주 빨리 사라집니다. 팔자대로 사는 거죠."

알랭은 다시 입을 다물었다. 미욱함에 그로테스크를 덧칠한 것이 흡족했다. 브랑시옹은 호주머니에 손을 넣은 채 안절부절못하는 시릴의 어깨 너머에 걸려 있는 그림을 바라보았다. 시릴은 무슨 말을 해야 할지 막막해하다가 말을 건넸다.

"알랭, 자네 조금 딴생각을 하는 거 같네."

"아니야, 딴생각을 한 건 아니지만 이제 딴 데로 가야겠어. 벌써 늦었거든."

"아니네, 여기 있게나."

"지금은 아니지만 곧 갈 거네."

알랭은 다시 브랑시옹 쪽으로 몸을 돌렸다.

"나도 남자라는 점을 생각해주시죠. 그런데 말입니다, 나는 돈도 여자도 가져본 적이 없어요. 하지만 나는 아주 활동적이고 정력도 세지요. 그러나 제 꼴을 보세요. 손을 뻗을 수도 없고 세상을 만질 수도 없어요. 하긴 세상을 만져도 아무것도 느끼지 못합니다."

알랭은 떨리는 손을 내밀었고 브랑시옹을 바라보며 혹시 그가 잠깐이라도 관심을 보이는지 살폈다. 하지만 이번에도 그는 수선스러운 사람들 말만 들을 뿐 비렁뱅이, 사거리의 사기꾼, 감상적 노상강도의 하소연에는 귀를 닫았다.

시릴이 두 사람을 맺어주려고 머리를 쥐어짜고 있을 때 솔랑주가 다가왔다.

"필롤리에 가족이 왔으니 인사하러 오세요."

알랭은 가슴 한쪽이 먹먹해졌다. 가장 예쁘고 가장 돈 많은 칠레 출신 여자 카르멘 데 필롤리에가 왔다니. 그가 놓쳐버린 여자 중 하나.

그는 다시 한 번 브랑시옹의 환심을 사려고 매달렸다.

"당신은 자신이 하는 일을 믿지 않으면서도 큰일을 하셔서 존경스

럽습니다."

"잘못 생각하시고 있네요. 나는 내가 하는 일을 끔찍이 믿고 있어요. 그런데 죄송합니다만 필롤리에 부인에게 인사드리러 가야 합니다."

알랭은 다시 서재에 홀로 남겨졌다. 그는 밤과 거리를 찾아 도망치고 싶었지만 계단으로 통하는 문의 고리를 잡자 포샤르와 미냐크가 한 몸이 된 듯 함께 들어왔다.

홀로 있던 알랭을 본 포샤르는 흠칫 뒷걸음질을 쳤다. 하지만 알랭은 미냐크는 쳐다보지도 않고 다짜고짜 포샤르에게 물었다.

"당신도 당신의 행위에 대한 믿음이 있나요?"

"내가 아는 선생이라면 이럴 거 같군요. 믿음이 있다고 하면 나를 무시할 테고, 믿음이 없다고 하면 나를 경멸할 테지요."

"당신은 당신이 가진 돈의 위력은 믿지 않지만 마리아는 믿지요. 그렇지 않나요?"

"나에 대한 이야기를 하는 게 그리 달갑지 않군요."

"그렇다면 이야기하는 것 자체를 좋아하지 않는군요."

"듣는 걸 무척 좋아하지요."

"사업가들은 가끔 소파에 앉아 게으른 자들이 말하는 걸, 심지어 노래하는 걸 듣곤 하는데 나는 더 이상 이야기를 할 수가 없고, 앞으로도 절대 하지 않을 겁니다."

"왜 그러는 거야?" 미냐크가 꽤나 가슴이 찡하다는 듯 물었다.

알랭은 아름답고 정신 나간 여인의 품속에 안겨 황당한 기적을 기다리던 가난했던 시절을 떠올렸다.

"포샤르 씨, 마리아 같은 여자를 찾은 걸 축하드립니다." 알랭이 다시 말했다.

포샤르의 의지와 달리 그의 안색이 변했다. 입은 웃었지만 미간은 구겨져 있었다.

"결국 당신은 여자를 얻었지만 나는 없죠. 적수공권 빈털터리가 뭔지 당신은 모를 겁니다."

"자, 자." 미냐크가 말했다.

"원하는 것을 모두 갖는 사람도 있지만 원하는 것 외에는 아무것도 갖지 못하는 사람도 있죠. 나는 원하는 능력이 없고 욕망조차 없습니다. 예를 들면 나는 여기에 있는 여자들을 욕망할 수 없고 여자들만 보면 겁이 납니다. 두렵단 말이죠. 전쟁의 최전선에 있을 때만큼 여자 앞에서 두려움을 느낍니다. 예컨대 솔랑주 앞에서 혼자 오 분만 있으면 나는 쥐새끼가 되어 쥐구멍 속으로 사라져버릴 겁니다."

"어디 그런지 볼까?" 미냐크가 말했다.

미냐크는 미소를 띠며 솔랑주와 함께 돌아오더니 포샤르를 데리고 나갔다.

알랭은 솔랑주와 단둘이 남게 되었다. 도로시, 리디아보다 훨씬 아름답고 상냥한 여자.

"왜 그러세요, 알랭? 안색이 좀 어둡고 아주 슬퍼 보여요. 또 무슨 일이죠? 이제 마약은 끊었잖아요. 그리고 그 예쁜 리디아는? 도로시는 어떻게 됐죠? 다른 여자가 생겼나요?"

"그들은 떠났어요. 그리고 그리 예쁘지도 않고 착하지도 않죠."

"매력적인 여자들이었고 당신을 사랑했는데. 그중에서 누구를 택했어요? 아니면 두 여자 모두 갖겠다는 건가요?"

여자들은 그에게 한없이 너그러웠다. 그는 여자들에게 어떤 특혜를 받았는데, 그 특혜라는 것이 무엇인가! 그는 그들 중 몇몇의 마음을 꽤나 흔들어놓았고, 그녀들은 너무 쉽게 자신을 버리고 다가와 그와 한번 데이트를 하고는 다시는 되돌아오지 않았다.

"나는 끝장난 사람이고 이제는 새끼손가락 하나 움직일 기운도 없어요."

그는 손가락까지 술에 취한 듯 손가락을 축 늘어뜨렸다.

"지금은 술 때문에 우울해진 거예요."

"아! 나는 취하지 않았고 취할 수도 없어요. 정신을 잃고 싶은데 그러려면 단두대를 쓰는 수밖에 없어요. 콩코르드 광장 근처에 가볼 수도 있겠지만 거기에도 단두대는 없을 겁니다."

그는 말을 멈췄고, 횡설수설하지 않도록 정신을 차리려고 엄청난 노력을 기울였다.

솔랑주에게 뭔가 할 이야기가 있었다.

"내 말을 들어봐요, 솔랑주. 당신은 생명이에요. 아시겠어요? 내 말을 들어봐요. 나는 당신을 건드릴 수 없어요. 끔찍한 일이죠. 내 눈앞에 당신이 이렇게 있는데, 당신이 이렇게 있는데 만질 수 없어요. 그래서 죽음을 만져보려고 해요. 죽음은 내가 만져도 가만히 있을 거 같거든요. 생명이란 게 웃기죠? 당신은 예쁘고 착한 여자이고 사랑을 사랑하지만, 우리 둘 사이에는 아무것도 할 게 없지요? 그렇지 않아요?"

"알랭, 남자와 여자 사이의 일은 타이밍이 관건이죠."

"항상 임자가 있는 여자들뿐이더군요."

"아니에요! 내 친구들 중에는 당신을 기다리는 사람이 무척 많아요."

"기다리다가 잊어버렸겠죠."

"절대로 그렇지 않아요. 당신을 찾고 있는 거죠."

"여자들은 찾아 나서지 않고 기다리죠."

"다른 여자들도 나만큼이나 사랑을 좋아하고 절정감을 좋아합니다."

"역시 그렇군요! 절정감이라."

그는 얼굴을 강박적으로 씰룩거리며 점점 거칠게 목청을 높였다.

시릴이 문 앞까지 다가왔고 솔랑주는 그에게 잘 가라고 손짓을 해 보였다.

"나는 나를 돌보는 법을 몰랐어요. 적어도 한 번쯤은 누군가 나를 돌봐줬어야 했어요."

그것이 바로 알랭이 남자들에게는 차마 하지 못했던 말이었다. 하소연이라도 했더라면 나았으리라. 진정한 하소연에는 나름대로 호소력이 있으니까.

"아무것도 누려보지 못하고 세상을 뜨는 것. 아름다움이나 선의…… 모두 말뿐이니…… 그런 것보다는 뭔가 인간적인 것…… 당신은 기적이 존재한다는 사실을 아실 테죠. 이 문둥이를 만져보세요."

"알랭."

솔랑주는 어린 암고양이의 고삐 풀린 경박한 허영심뿐 아니라 삶에 대한 확고한 감각, 명료한 선의를 가슴에 품고 살았다. 그녀는 이야기가 심각해지고 있음을 깨달았다. 그녀는 남자를 잘 알았고 그들이 언제 농담을 하고 언제 자살을 하는지 꿰뚫고 있었으며 자신의 발치에서, 자신의 침대에서 뒹굴었던 남자들을 수없이 보았던 터였다. 어쩌면 이 남자와 동침해줘야 할 것 같았고 그러면 그에게 용기를 줄 수 있을 것 같았다.

시릴과 브랑시옹이 들어왔다. 알랭의 모든 가능성이 순식간에 사라졌다. 솔랑주의 눈길이 남편의 날씬한 몸매와 브랑시옹의 일그러진 얼굴로 향했다.

"나는 가야겠네. 다른 데로 가야 할 거 같네." 알랭이 소리쳤다.

"아니야, 이야기를 조금 더 하자니까." 시릴은 불안감 때문에 강권의 느낌이 감도는 어조로 말했다.

그러나 브랑시옹의 의지 비슷한 것이 알랭에게 전해졌다. 알랭은 마음을 가라앉혔고 그들에게 속내를 들키지 않으려고 애썼다.

"여자가 날 기다리고 있네."

브랑시옹이 그를 흘깃 바라보았다.

"나중에 다시 올게요. 지금은 꼭 가야만 해요."

"그러면 내일 식사하러 오세요."

"그래요, 그게 좋겠네요."

'아! 아니지! 내일이면 더 이상 먹을 일이 없을 거야.' 알랭은 속으로 생각했다.

서재의 문에 이르자 부드러운 담배 향기 속에서 남녀가 여기저기 흩어져 근엄하게 대화를 나누는 모습이 눈에 들어왔다.

'저런 사람들을 더는 보지 않아도 되는 죽음 속으로 뛰어들 테다.'

그는 다시 시릴 쪽을 돌아보았다.

"다른 쪽으로 나가겠나?" 시릴이 물었다.

"아! 그러지."

'수모는 받을 만큼 받았으니까.'

알랭은 브랑시옹한테서 빠져나오지 못하는 솔랑주의 손에 키스했다. 그러자 그녀가 무심한 표정으로 말했다.

"알랭, 내일 봐요."

시릴은 알랭과 함께 포석이 깔린 넓은 현관까지 내려갔다.

"자네가 그냥 가니 언짢네. 무슨 일인가? 왜 여름휴가를 우리와 함께 보내지 않았나?"

시릴은 매우 친절했지만 그에게 전보 한 통 보내지 않았다. 그를 부르거나 그를 구할 생각이 없었던 것이다. 뒤부르와 다를 바 없었다.

"또 무슨 골칫거리가 생긴 건가? 원하는 게 뭔가? 마약을 못 끊겠다면 이거라도 피우게. 한 모금 피우면 마음이 가라앉을 걸세."

"아편이라면 질색이네. 아편은 수위들의 마약이지."

"결혼하게나."

"나는 독신으로 살 팔자야."

"돈이 필요한가?"

"호주머니에 수천 프랑이 남아 있지."

"내일 식사하러 오게나. 함께 종일 이야기나 하자고."

완벽한 저택에서 상냥한 친구와 길고 긴 행복한 하루를 보내는 일이라. 매일, 하루도 빠짐없이. 아니다, 거리와 밤이 좋다.

"잘 있게나, 시릴."

"잘 가게, 알랭…… 잠깐…… 우리를 좋아하는 거지?"

"그럼, 그럼."

그리고 길로 나섰다.

그는 평소와 다름없이 홀로 거리로 돌아왔다. 그리고 벌써 계단에 섰다. 계단의 정신, 고독한 사람들의 정신.

11월의 그 밤은 아름다웠다. 쌀쌀한 기운 탓에 도시는 메말랐고 텅 비었다. 하지만 그는 택시를 잡는 데 집착했다. 발걸음을 재촉했지만 서른 살 남자의 걸음치고는 무겁고 불규칙적인 움직임이었다.

그에게 저녁은 끝자락에 다다른 것 같았지만 실은 겨우 열한시였다. 예전 같았다면 이제 시작일 텐데 오늘은 과연 무엇을 하며 두세 시간을 보낼지 막막했다.

마침내 택시를 잡았다. 안으로 깊숙이 몸을 던졌다. 몽마르트르 언덕 아래의 술집 주소를 일러주었다. 그는 오래된 습관을 하나하나 되짚었다. 예전에 영화관에서 나오면 몽마르트르 술집에서 한 시간을 보내고 나이트클럽에 갔다.

세상은 그가 결코 알지 못할 사람들로 우글거렸다. 그는 내일 자살할 생각이었지만 우선 이 밤을 보내야만 했다. 하룻밤, 그것은 처음부터 끝까지 밟고 가야 할 굽이진 길이다.

이 시간대에 모든 여자는 남자들 품 안에 있다. 도로시는 호주머니에 은행권이 한 움큼 들어 있는 강철 근육의 건장한 남자 품 안에 있다. 리디아는 기둥서방들 품에 있다. 하나같이 미남 일색인 터라 그녀는 이 남자 저 남자한테로 돌아다녀야만 한다. 솔랑주는 곧 마르크 브랑시옹을 상상하며 시릴의 품 안에서 잠들 것이다.

여자와 남자는 서로 물고 물려 있다. 남자들이란 얼마나 투박한가! 모든 여자는 한결같이 삶이 아니라 남자들의 사업에만 주목한다. 그리고 그 사업이란 것이! 이집트학, 종교, 문학. 그러나 돈을 쥔 남자들은 따로 있다. 브랑시옹, 포샤르. 이들이 진짜 남자다.

'그런 남자들의 세계는 내게 닫혀 있다. 완전히 꽉 막혀서 어찌할 도리가 없다. 그리고 여자들이 꼬이는 데는 그런 세계다.

그 세계는 투박한 놈들의 세계다. 내가 자살하는 것은 내가 출세한 투박한 놈이 아니기 때문이다. 그리고 그 나머지 사상, 문학, 이런 것들이란, 아! 내가 자살하는 것은 바로 여기에서도 가증스러운 거짓말이 상처를 입었기 때문이다. 거짓말, 거짓말. 그들은 어떤 진정성도 가능하지 않다는 사실을 알지만 그것에 대해 떠들어댄다. 더러운 놈들은 계속 떠들어댄다.

하지만 나는 나 자신을 속이려 들지 않는다. 이 점은 나도 스스로 잘 알고 있는 터이다. 내가 죽는 것은 돈이 없기 때문이다.

마약 때문이라고? 천만의 말씀이죠. 자 보세요. 오늘 저녁에 딱 한 방만 맞았어요. 그런데 마약중독이라고? 얼큰해진 것은 오로지 술 때문이고 게다가 취하지도 않았어요. 사실 나는 곧 마약 주사를 한 방 맞을 생각이고 이 헤로인이 뭔가 쓸모가 있어야만 할 것이오. 지금은 바에 있지만 곧 내실로 갈 것이오.

내실, 그렇고 그런 곳이라고 불리는 데지요, 그런 곳.'

위르셀과 그의 사이비 신비주의에 분개한다고 주장했던 알랭은 이제 골방에 들어갔다. 혐오와 경멸의 정신 상태라면 어쩔 수 없이 가게 되는 종착점.

하지만 알랭은 그곳에서 명상에만 골몰한 것이 아니었고 몽상에 빠지지도 않았다. 그는 몸을 움직이며 주사를 놨고 스스로를 죽였다. 파괴, 그것은 삶에 대한 신뢰를 뒤집어놓으면 나타나는 면이다. 한 사람이 열여덟 살을 넘어 자살하는 데 성공한다면 그는 실천력에 대한 감각을 타고난 사람이다.

자살, 그것은 일상에 의해 활력이 녹슬어버린 사람들의 밑천이다. 그들은 실천을 위해 태어났지만 그 실천을 뒤로 미루고 있었다. 그런데 실천력이 불시에 그들을 사로잡는다. 자살, 그것은 행동, 다른 행동을 실천하지 못한 사람들이 할 수 있는 행동이다.

그것은 모든 실천이 그러하듯 확신에 찬 행동이다. 미래, 그 미래의 존재, 그리고 자아와 다른 자아들 사이의 관계의 현실성에 대한 확신.

'당신이 나를 사랑하지 않았고 또한 내가 당신을 사랑하지 않았기 때문에 나는 자살한다. 우리의 관계가 느슨했기 때문에 그것을 좁히기 위해 자살하는 것이다. 나는 당신에게 지울 수 없는 흠집을 남길 것이다. 친구들의 기억 속에서는 살아서보다는 죽어서 더 잘 산다는 사실을 나는 잘 안다. 당신은 내 생각을 하지 않았지만 이제 나를 영원히 잊지 못할 것이다!'

그는 팔을 들어 주삿바늘을 찔렀다.

이 바는 꽤 우아했고 권태에 먹히고 무상함에 뜯긴 남자와 여자들, 그 눈부신 잔해들로 가득 차 있었다.

알랭은 솔랑주가 그리웠다. 그날 저녁때까지만 해도 그는 시릴을 사로잡겠다는 생각에 골몰한 나머지 솔랑주에게 구애하겠다는 생각은 꿈도 꾸지 않았다. 그런데 갑자기 너무도 쉽고 너무도 어려운 이 여자가 그가 상실했던 모든 것을 표상하는 듯 보였다. 그토록 생생했던 그녀의 몸이 끔찍할 정도로 그리웠다. 사람들은 삶이라는 천국에서 걷고 노래했다. 그들은 솔랑주와 브랑시옹을 앞질러 갈 것이다. 심지어 뒤부르마저 이 행렬의 꼬리에 붙어 걸어갔다. 알랭은 뒤부르와 회색빛 센 강을 다시 생각했다. 그는 더 이상 센 강을 보지 못할 것이다. 아니다, 그는 바쁠 게 없었고 아직 돈과 마약도 남아 있었다. 그런데, 맞다. 솔랑주 없이는 삶을 지속하기가 불가능했다.

그는 바에서 나왔다. 택시를 불러서 200미터 떨어진 데 있는 또 다른 바로 갔다. 헤로인의 약 기운이 올라왔고, 그것은 썰물 후에도 틈새로 들어와 막힘 없는 데를 훑고 있는 물 같았다.

'아, 저기 술집 카운터에 나처럼 홀로 서 있는 친구가 있네. 나의 동족, 내 형제. 그는 내가 하는 말을 들어주지.'

밀루는 남의 호의를 거부하면서 자신의 약점을 감추려다가 오히려 그것을 더욱 드러내는 친구였다. 그는 매번 남들이 주는 돈을 받지 않으면서 정직하다는 평판을 얻었지만 그것은 자신의 최악의 약점을 보지 못하게 만드는 한심한 환상에 불과했다. 그는 직업도 가족도 없었지만 여기저기 대충 알고 지내는 친구들이 있었다. 그는 미남이었고 그것만이 모든 것을 대신하는 장점이었지만 이제 나이가 들었다.

알랭과 밀루는 말 없이도 뜻이 통한다는 듯 술집에서 나와 길을 걸었다. 밀루는 알랭의 표정을 보고 놀란 터였다.

"뭔가 기상천외한 것을 본 것 같은 얼굴이군."

밀루는 알랭이 마약에 중독되었다는 사실을 알았지만 이번에는 문제가 다른 데 있음을 한눈에 알 수 있었다.

"아니, 아무것도…… 뒤부르와 위르셀을 만났고 라보네 집에서 식사를 했지. 그런데, 맞아. 그 사람들이 난생처음 만난 사람들처럼 느껴지더군."

"아! 맞아. 가끔 그럴 때가 있지."

"가끔 그렇지."

그들은 텅 빈 골목을 따라 오페라 건물 쪽으로 내려갔다.

"그런데 매력이 없다는 건 불행한 일이야." 알랭이 말했다.

"자네가? 매력이 없다니!" 밀루는 천진한 감탄사에 해석의 여지가 담긴 어투로 반박했다.

알랭은 밀루보다 한 수 윗길의 세계로 뻗어나갔었다. 밀루는 술집에서만 사람들을 사귀었지만 알랭은 그들의 안방까지 파고들어 갔었다.

알랭은 슬쩍 어깨를 으쓱했다.

"그렇다니까. 나는 매력이 없어. 몇몇 사람들에게 호감을 산 적은 더러 있었지만. 몇몇 사람들에게만…… 그게 전부야."

"그것을 뭐라고 표현하든 자네 맘이지만 아무튼 자네는 사람들의 호감을 샀지."

"천만에, 그렇지 않아. 사람들은 나를 좋아하지 않아. 아무도. 내가 꽤 미남이었던 열여덟 살에도 내 첫 애인은 바람을 피웠지."

"그런 건 흔한 일이야. 열여덟 살에는 누구나 오쟁이 지게 마련이야."

"하지만 그다음부터도 그런 일이 끊이지 않았어. 여자들은 항상 친절했지만 모두 떠났어…… 혹은 떠나는 나를 붙잡지 않았지. 그리고 남자들은……"

"자네는 남자들과는 친하지 않았나?"

"남자 친구들도 여자들과 마찬가지였어. 내가 떠나도 붙잡지 않았거든."

"자네가 지금 하는 말이 참 놀랍군."

"자네가 말했듯 나는 서툴고 무거웠어. 가벼워지려고 무진 애를 썼지. 마음은 섬세한데 손이 따라가질 못했어."

"자네는 웃기려고 서툰 척을 했던 거야. 일부러 말이야."

"잘못 본 거야. 내가 하는 짓이 서툴게 느껴져서 그걸 웃음거리로 만들려고 애썼던 거지. 그러나 도무지 그런 광대 같은 짓에만 체념하고 주저앉을 수는 없었지."

"그렇지만 자네가 절망에 빠졌던 순간에만 그런 모습이었지 않았나?"

"내 인생, 그건 오로지 절망의 순간뿐이었어."

"그렇다면 원래 뭘 하고 싶었는데?"

"사람들을 매혹하고 낚아채서 붙들어두고 싶었지. 그런데 항상 모두 도망쳐버리더군."

"뭐라고? 자네가 그토록 사람들을 좋아했나?"

"너무 사랑받고 싶은 나머지 사랑했던 것 같아."

"맞아, 자네를 이해하겠어. 나도 그렇거든. 그런데 우리끼리 하는 말이지만, 그것으로 충분한지는 모르겠어."

"나는 사람들이 베푸는 친절에 언제나 그 누구보다도 민감했지. 나는 절대로 무뚝뚝한 사람이 아니란 말이야."

"그래, 그것만 해도 대단한 거야. 하지만 친절과 사랑 사이에는 넘어야 할 산이 있을 텐데…… 그런데 사랑하려는 마음으로 사람을 붙잡을 수 있을까?"

"사랑이란 주는 만큼 받을 수 있지. 이런 말을 하는 게 바보처럼 보일 테지만 사실인걸."

"그래. 우리가 너무 마음이 약하기 때문에 사람들에게 무시당하는 거야."

"우리는 마음이 약하지만 사람들을 붙잡으려는 욕구는 없어. 자, 그러니 우리는 사람들을 붙잡고 싶어 한다는 인상을 줘야만 하는 거야. 그리고 붙잡았을 때에는 놓치지 말아야 하고."

알랭은 이 대목에서 말을 멈췄다. 그는 여느 곳과 다름없는 스크리브 거리를 똑바로 쳐다보았다. 그는 자기 삶을 표현할 가장 정확

한 단어를 찾은 데 대해 씁쓸한 희열을 느꼈다. 밀루는 그를 바라보며 몸서리쳤다. 두 사람은 새 담배에 불을 붙이고 마들렌 성당 쪽으로 걸었다.

"자네 말이 맞아, 밀루. 나는 사람들을 사랑하지 않았고 멀찌감치 거리를 두고서야 그들을 사랑할 수 있었어. 그 필요한 거리를 두기 위해 나는 항상 그들로부터 떠났거나 그들이 나를 떠나도록 유도했지."

"아니야, 난 자네가 여자들이나 절친한 친구들과 함께 있는 모습을 봤어. 자네는 그들의 세심한 배려를 받고 있었고 그들을 포옹하기도 하던데."

"그런 척하려고 애썼는데 통하지 않았지…… 맞아, 너무 골치 아프게 살 필요가 없어. 외톨이가 되어 아무도 사귀지 못한 게 끔찍하게 후회돼. 그렇지만 그 모든 걸 내가 자초했지. 만질 수도 없고 가질 수도 없게 되었는데 결국 모든 게 마음가짐에서 비롯된 거야."

"자네 말이 맞을지도 몰라. 하지만 그런 식으로 말하지 마. 자꾸 그런 생각에 빠지면 내장이 빠진 것처럼 공허해지고 어떤 생각이 들지도……"

그는 알랭을 감히 똑바로 쳐다보지 못한 채 화들짝 놀라 말을 멈췄다. 알랭은 밀루가 멈칫거리는 순간을 포착하고 얼핏 스치는 은근한 예감을 음미하며 말을 이어갔다.

"진정으로 사람들과 사귀는 데 맛들이면 사람들도 아주 친절해지면서 사랑과 돈을 모두 내주지."

"정말?" 밀루는 어린아이처럼 탐욕스럽게 되물었다.

알랭은 루아얄 거리를 돌아 부아시당글라 거리를 통해 상젤리제 거리로 접어들었다. 그들은 가브리엘 거리의 모퉁이에서 거리 창녀와 마주쳤다.

"안녕, 마리."

호색가들 사이에서는 널리 알려진 늙은 창녀였다. 알랭도 두서너 번 그녀에게 신세를 진 적이 있었지만 무수한 남자들이 그녀를 스치고 지나갔기에 그녀는 알랭을 알아보지 못했다.

"안녕, 귀염둥이들." 그녀는 늙은 주정뱅이 같은 목소리로 중얼거렸다. "만져줄 사람을 찾는 거야?"

"아니, 우리끼리 잘 놀고 있지."

"나를 끼워줘도 될 텐데. 나는 뭐든지 좋아하거든."

"너는 아무것도 좋아하지 않아."

"즐거움을 주는 일을 좋아하지."

"어쨌거나, 잘 가."

"안녕, 귀여운 친구들. 담배 한 개비만."

그녀는 빗물에 탈색된 얼룩덜룩한 넝마 뭉치를 입고 있었다. 썩은 냄새, 술 냄새를 풍기며 알랭의 담뱃갑 쪽으로 거친 손을 내밀었다. 그녀의 얼굴은 좌초한 늙은 태양 같았다.

"보들레르 씨를 만나면 안부 전해주시지."

"보들레르 씨라니, 나를 잘못 본 거 같네. 그 사람은 예술가야."

"그런 사람들은 모두 떠났어."

"어디까지 말했더라?" 알랭이 다시 이야기를 꺼냈다.

"사람들은 사랑을 받으면 모든 것을 내준다는 말까지 했지."

"맞아. 그런데 결국 과연 사람들을 사랑할 수 있을지가 의문이야. 따지고 보면 사람들은 거짓말을 너무 좋아하거든. 지금까지 내가 본 모든 사람이 그랬어. 모두 한결같았어, 농담처럼 들리겠지만. 위르셀도 뒤부르만큼이나 괴기한 사람이야."

"아니야, 위르셀은 뒤부르처럼 거창한 말에 현혹되지 않아."

"농담하는 거야! 위르셀은 글쟁이고, 글쟁이란 항상 말에 현혹된 자들이야. 사람들이 착각하는 게 하나 있다면 그건 그들의 직업에 대한 거야."

"우리도 그럴까?"

"물론이지, 우리도 마찬가지야. 아무것도 하지 않는 것이 우리 직업이지. 잘 알고 있잖아."

"그렇다면 우리는 무엇에 현혹된 걸까?"

"우리가 아무 일도 하지 않는 건 남들보다 더 세련되었기 때문이라고 믿는 것이 우리의 착각이지."

"나는 그렇게 생각하지 않아. 나는 게으를 따름이고, 그게 전부야. 내가 나태한 것이 부끄럽지도 않지만 그렇다고 자랑하고 다니지도 않아."

"그러나 속으로는 스스로를 섬세한 사람이라고 믿겠지. 나로 말하자면 그렇게 믿고 살거든. 그렇게 믿지 않을 수가 없어. 나는 사람들의 환심을 사고 싶지만 그런 재간이 없어. 하긴 그런 재간이란 것이 혐오스럽기도 하고."

"그렇다면 어떻게 해야 하지?"

"그것이 참!"

"자네는 여전히 마약을 하나?"

"그러는 자네는 여전히 술을 마시고?"

"더 이상 못 마시겠어. 술잔을 들 수가 없어. 그런데 섹스만은 아직도 쉽게 하지. 그것은 예전부터 쉽게 했지."

"나는 그렇지 않아."

"자네가? 저런, 그렇다고 믿었는데."

"나도 쉽다고 믿었지."

"자네를 주저앉힌 게 바로 마약이야."

"설명하려면 할 이야기가 많지만……"

그들은 아무 말도 하지 않고 오랫동안 샹젤리제 거리를 걸었다. 밀루는 졸음이 왔지만 차마 알랭 곁을 떠날 수 없었다.

알랭은 항상 그래왔듯이 아무것도 보지 않으며 걸었다. 거리는 코끼리 신상의 다리 사이로 장엄한 평화 속에서 흐르는 반짝이는 넓은 강처럼 아름다웠다. 그러나 그의 시선은 그가 한 번도 떠난 적 없는 작은 세계에 고정되어 있었다. 그의 생각은 뒤부르에서 위르셀로, 프랄린에서 솔랑주로 갔다가 더 멀리 도로시, 리디아까지 떠돌고 있었다. 그가 보는 세계란 한 줌의 인간들로 이루어져 있었다. 그 밖에 다른 것이 있으리라는 생각은 한 번도 하지 않았다. 그 세계보다 더 넓은 어떤 것에 연루되었다고 느끼지 않았다. 그는 식물과 별에 대해서 아무것도 몰랐고 몇몇 얼굴만 알고 지냈으며 그 얼굴들과도 동떨어진 데서 죽을 것이다.

그들은 천천히 샹젤리제 거리를 따라 올라갔다. 두 사람 모두 지쳤다. 알랭은 사람과의 마지막 접촉을 연장했고, 그를 라바르비네 박사의 집으로 데려다줄 수 있는 빈 택시를 그냥 지나쳤다. 밀루는 알랭에게 들은 생각들을 혼자 끌어안고 있기가 두려웠다. 카페는 닫혀 있어서 두 사람은 잠깐 벤치에 자리를 잡고 말없이 앉아 있었다.

갑자기 알랭이 무심하게 입을 열었다.

"자! 모든 게 잘되겠지. 지금부터 1년 안에 우리는 아주 부자가 되고 만족할 거야."

알랭이 밀루를 곁눈질로 보자 밀루는 금세 희망에 부풀어 확답을 요구했다.

"정말 그럴까?"

"졸리지?"

"응."

"좋아! 잘 가게."

알랭은 불쑥 일어나 그를 쳐다보지도 않은 채 황급히 악수를 하더니 마지막 택시를 소리쳐 불렀다.

잠이 깼다. 새벽 세시에 그의 눈꺼풀과 팔다리를 무겁게 누르던 납덩이가 묵직한 액체로 용해되었다. 그러나 불현듯 구원이라는 생각이 고개를 들며 그의 몸을 꿈틀거리게 했다. 그는 확실하게 죽음의 영역에 들어서 있었다.

게다가 시간까지 있다. 그렇지만 그는 책상 위에 있는 구겨진 지폐를 쳐다보았다. 아직은 몽땅 써버리고 싶은 기분은 들지 않았다. 저기 머리맡 탁자에 있는 주사기는 여러 번 사용해서 낡고 낡았다. 어쨌거나 침대에서 더 뭉그적거릴 수 있었다. 그러나 알랭은 침대를 좋아한 적이 결코 없었다. 그는 그다지 쾌락주의자도 아니었고 그리 관능적이지도 않았다.

그는 차를 가져오라고 시켰고, 예쁘지 않은 매우 지저분한 하녀에게 상냥한 말을 건넸다. 알랭은 그녀에게 점심 식사 때에나 일어나겠다고 말했다. 이제 열한시였다.

서서히 잠이 깨면서 밤의 어둠에서 빠져나와 침대에서 일어났다. 얼굴 꼴이란! 방 안처럼 욕실도 구석구석 모든 것이 깔끔하게 정리되어 있었다.

앉아서 오줌을 싸고 똥을 쌌다. 일어나 밑을 씻고 파자마 띠를 묶었다. 거울을 들여다보았다. 얼굴 꼴이! 최악의 날을 보낸 표정이 굵직한 주름살로 그려져 있었다. 그는 이를 닦았다. 그리고 담뱃불을 붙인 다음 생각에 잠겼다. 점심 식사 전까지 아침에 할 일이 무척 많았다. 시릴에게 전화해서 점심 식사를 하러 갈지 말지를 알리는 일. 뒤부르에게 전화 걸기. 그런데 왜? 오후에 만나러 가겠다는 이야기를 하기 위해. 아니다, 뒤부르에겐 전화를 걸지 말아야지. 편지도 쓰지 않을 테다. 도로시에게선 아무 연락도 없다. 리디아에게서도 연락이 없다. 안쪽에 뾰족한 바늘이 달린 고독의 형틀이 다시 느껴졌다. 자살해야만 한다. 그런데 책상 위에는 여기저기 나누어 줘야 할 지폐가 아직도 남아 있다. 따지고 보니 전날에 그리 큰돈을 쓰지 않았다. 아직 며칠 여유가 있었지만 무엇을 할 것인가? 어디에 갈까? 누구를 만날까? 어쨌거나 마약이 남아 있다. 이것은 낡은 수법이고 느리고 불충분하다. 엄청난 분량을 섭취하는 것. 그는 몇 차례 그렇게 해보았다. 반쯤은 죽었다가 깨났다. 죽지는 않았지만 죽을 뻔했다. 이런 식으로 죽는 것은 비겁하기 짝이 없다!

이건 아니다. 그렇다면?

장롱의 셔츠 사이에 권총이 있다. 그렇다. 하지만 그것에 손을 대려면 확고한 결심이 서야 한다. 결심이 확고하게 섰으니 시간 여유가 있다. 그때까지 수중에 이 돈이 있다. 그러나 여자들의 부재, 여자들의 결정적 침묵. 친구들을 다시 볼 수 없다는 것. 그들끼리 서로 이야기하는 것을 들을 수 없다는 것.

'옷을 입어야겠다. 그런데 파르누 양과 라바르비네 부인과 점심 식사라. 손님 자리에서. 영원한 손님 자리에서.

방에서 나가지 않고 침대에서 점심을 먹을 수도 있지.

다시 누워 책이나 읽어야겠다. 아주 재미있을 것 같은 탐정소설이 있다. 이런 탐정소설에 한두 시간 푹 빠져 있을 수도 있지.'

자, 읽어보자!

"선생님, 전화가 왔습니다."

책을 읽은 지 얼마나 지났을까?

가운을 걸치고 실내화를 신고 아래층으로 내려갔다.

"여보세요?"

"알랭이세요?"

"아! 솔랑주."

"그래요, 알랭. 오늘 아침 기분은 어때요? 식사에 초대한 것 때문에 확인차 전화했어요. 너무 늦게 오지 마세요. 나랑 잡담이나 나눠요. 어때요?"

"아주 좋아요, 좋지요."

"좋다고 하는 말투가 그리 좋은 것 같지 않네요. 아무튼 오실 거죠? 그렇죠?"

"그럼요, 그렇고말고요. 친절하기도 하십니다."

"당신을 아주 사랑해요."

"나를 무척 사랑하시는군요. 그렇다면 브랑시옹은요?"

"오! 브랑시옹. 그건 별개의 문제죠. 그는 당신과는 정반대이고 힘센 정력가예요."

"정력 좋은 남자들을 좋아하시는군요."

"그런 사람을 사랑해요. 모두 사랑해요."

"나는 정력가는 아닙니다."

"인정이 많으시잖아요."

"무슨 말인지 도통 이해 못 하겠어요. 이만 끊겠습니다, 솔랑주…… 여보세요…… 내가 인정이 많다고 생각하세요?"

"당연하죠."

"농담 아니죠?"

알랭은 성큼성큼 계단을 뛰어올라 자기 방으로 갔다.

'솔랑주는 나를 원하지 않는 거야. 나를 사랑하지 않아. 방금 솔랑주가 했던 대답은 도로시를 대신해서 했던 거야. 모두 끝난 이야기야.

내 마음의 삶은 그리 빠른 속도로 흐르지 않아서 속도를 올렸지. 모퉁이가 흐느적거려서 똑바로 세웠어. 나는 남자야. 내 생명의 주인이야. 그걸 증명하겠어.'

목덜미를 베개 더미에 기대고 침대 나무에 발을 버티고 단단히 자리를 잡고 몸을 동그랗게 웅크렸다. 벗은 가슴을 앞으로 활짝 드러냈다. 심장이 어디쯤에 있는지 잘 안다.

권총, 그것은 단단하고 강철로 되어 있다. 그것은 사물이다. 마침내 사물과 맞부딪치는 것이다.

Adieu à Gonzague

잘 가라, 공자그

오래전부터 공자그에게 사죄의 글을 쓰고 싶었다. 사죄! 내가 너와 관련된 우리의 양심 점검을 『빈 가방』*에서 했던 것이 불충분했음을 나는 잘 알고 있었다. 너의 것이었던 비명과 기도에 대해 우리의 가슴과 정신은 끔찍하게 불충분했다. 빈 가방과 함께 거리에 내던져졌던 너의 모습이 눈에 선하다. 그 가방을 채우기 위해 나는 너에게 무엇을 주었던가? 나는 노잣돈을 챙기기에 이토록 풍요롭고 충만한 세계에서 아무것도 찾지 못했다고 너를 비난했다. 그러면서도 나는 너에게 아무것도 주지 않았다. 아무것도 찾지 못하고 무엇을 해야 할지 모른 채 그저 멍하니 있는 사람이 있다면, 고백건대 그린 사람

* 1921년에 출간된 드리외라로셸의 소설.

들은 무엇인가를 원하고 있는 것이며, 우리가 해야 할 유일한 일은 그들에게 무엇인가를 주는 것이다.

한 여자가 전화로 내게 이런 이야기를 했을 때 나는 울음을 터뜨렸다. "전화를 건 용건은 공자그가 죽었다는 말을 전하기 위해서입니다." 이 눈물은 더러운 위선이다. 적선하는 자는 항상 비겁하다. 한두 푼 던져주고 도망치고 만다. 그리고 다음 날 나는 너무도 홀가분하게 아침 다섯시에 일어나 너의 장례식에 갔다. 장례식에서는 나는 항상 지나치게 착한 사람이다.

폭우가 내리는 가운데 엔진에 대한 이야기를 늘어놓는 운전사가 모는 차를 타고 변두리—변두리는 세상의 끝이다—를 지나 삶은 야채 같은 녹색과 침실의 옅은 금색이 감도는 가을의 시골에 위치한 어느 형편없는 가족용 여관에 도착했다. 광기와 우울증이 세상의 모든 범속함과 사이좋게 어울릴 법한 그런 여관이었다.

거기, 너의 침대 밑에 그 빈 가방이 입을 벌린 채 있었고 그 안에는 결국 네가 넣을 수 있는 유일한 것, 한 인간이 가질 수 있는 가장 소중한 것, 자신의 죽음이 담겨 있었다. 천만다행이다. 너는 가장 소중한 것을 간직하고 있었고 그것을 빼앗기지 않았다. 그 점에서 너는 성실했고 무흠(無欠)했다. 너는 너의 죽음을 지켜냈다. 네가 자살한 것에 대해 나는 아주 행복하다. 남자로 남았다가 죽는다는 것이 한 남자가 가질 수 있는 가장 강력한 무기임을 네가 알고 있었음을 자살로 증명한 것이다.

너는 실없이 죽었지만 너의 죽음은 결국 인간이 이 세상에서 할 수 있는 일이라곤 오로지 죽는 것뿐이며 그 자존감, 인간이 지닌 존엄성에 대한 느낌—끊임없이 모욕당하고 멸시받았던 네가 지녔던 그 느낌—을 정당화하는 것이 있다면 인간은 언제라도 삶을 내팽개치고 하나의 생각, 하나의 감정만으로 단숨에 그 삶을 희롱할 각오가 되어 있음을 증명했다. 인생에 중요한 것은 단 하나밖에 없는데 그것은 열정이며, 그것은 오로지 타인이나 자기 자신을 살해함으로써만 표현될 수 있다.

너는 온갖 편견, 우리의 살이나 다름없는 인간의 사회적 삶의 조직, 우리의 성적 동물적 살만큼이나 끈적거리는 살을 지니고 살았고, 그 살은 오로지 장엄하고 엉뚱한 살집을 떼어냄으로써만 뒤집을 수 있었다. 네가 살아 있던 시간 동안 너는 그 뒤집어진 편견의 살을 가지고 살았다. 살 껍질이 벗겨진 사람!

너는 모든 것을 믿었다. 명예, 진실, 사유재산……

네 방은 네가 지나쳤던 모든 장소와 마찬가지로 잘 정리되어 있었다. 책상 위에는 종이, 작은 문구들, 가득 찬 성냥갑, 그리고 또 종이. 오, 항상 되풀이해 꾸었던 유년기의 꿈이지만 서랍 속에 감춰둔 보잘것없는 마른 과일처럼 되어버린 문학. 그리고 네가 가지고 놀던 다른 물건들처럼 잘생긴 한 자루의 권총. 네 손에 들어가면 모든 것이 필멸의 운명이었다. 세면대 위의 빗들. 너는 생생한 머리카락을 빗어 넘기고 외출했다. 살롱과 술집에서 불가능하고 불길한 사랑의 예감에 몇몇 여인들이 가슴을 조이곤 했다.

모든 여자가 그랬던 것은 아니었다. 모든 여자, 그리고 모든 남자가 너를 좋아한 것은 아니었다. 많은 사람이 너를 경멸하고 부정했다. 그들은 너에게 속마음을 털어놓은 적이 없는 네 친구들보다 순수했다. 왜 그랬을까? 그것은 네 잘못이기도 한데, 네가 재능이 없었기 때문이다. 그리고 너는 그 사실을 대놓고 말하는 잘못을 저질렀다.

모든 글쟁이는 장의사 소질이 있다. 내가 친구의 무덤에 잉크를 뿌리는 것이 처음도 아니고 마지막도 아니다.

너는 콕토의 어떤 점, 아라공의 어떤 점을 사랑했다. 네가 랭보에 대해 이야기를 했는지 기억할 수가 없다.

너에게 꽃을 가져갔던 어느 날 저녁 나는 너무도 비겁했다. 나는 차마 너에게 말을 걸거나 나의 믿음을 소리치지 않았다. 네가 증오하고 네가 구역질을 느꼈으며 네가 권총 한 발로 죽여버렸던 모든 것에 대한 나의 믿음을.

정열이 없었기 때문에 너는 약점을 갖고 있었다. 너는 어린아이였기에 너의 약점은 탐욕이었다. 그리고 너의 탐욕은 어린아이의 그것이었다. 너는 잠과 놀이, 놀이와 잠에 탐닉했다. 너는 네가 소중하게 여기는 우스꽝스러운 사진, 신문 조각 그리고 내가 모르는 것들을 가지고 떠들고 놀며, 신문에서 주워들은 일화들, 매일 우리가 귀가 따갑게 듣는 인간의 무기력증의 특징에 대해 떠벌렸다. 그리고 저녁이 된다. 그러면 너는 마약을 하고, 주사를 맞으며 웃고, 또 웃으며 웃음을 멈추지 않았다. 너는 잊지 못할 냉소를 퍼붓는 입을 가지고 있었다. 단단한 턱과 넓적한 가죽으로 싸인 얼굴 속에 강하고 튼튼하고 앙칼진 입을 가지고 있었다. 너는 웃으며 빈정거렸다. 그리고 죽은 듯 쓰러졌다. 그러나 그 시절 너는 매번 다음 날이면 부활했다. 늪지대의 도깨비불, 요정처럼 너는 악취 나는 공기 방울에서 부활했다. 너는 트리톤*의 육체와 요정의 영혼을 지녔다.

나는 과음으로 쏟아낸 토사물 속에서 뒹굴던 너를, 달빛이 흐르는 계단참에서, 내가 열고 들어갈 수 없었던 문 앞에서 죽어라 악을 쓰던 너를 보았다.

이교도와 기독교는 제각기 한쪽은 하늘을, 다른 한쪽은 지상을 믿었다. 모두 이 세상을 믿었다. 나도 그들 중 하나, 그 수백만 명 중 하나였다. 너는 왜 나의 얼굴에 침을 뱉지 않았는가? 너는 집주인, 사교계 인사, 성공한 여자들만 믿었다. 너는 천박했고 그 천박성에 속수무책이었다. 너의 행동거지는 비록 나의 눈물을 자아낼 정도로 감동적이었지만 우아하지 않았고, 너에게는 보다 높은 세계로 비상하지 못하도록 네 뒷덜미를 잡는 어떤 부르주아 근성이 남아 있었다. 너는 심약한 성격이었다. 너는 네가 사랑하지 않는 여인들, 혹은 네 타락을 통해 자신의 타락을 사랑하는 타락한 여인들에게서만 사랑을 받았다.

너는 글을 쓰고 싶어 했을 테지만 너의 글솜씨는 승마 클럽 회원만큼이나 엉망이었다. 이 점에서 너는 승마 클럽 회원과 비슷했다.

너는 이 세상이 서로 친구 사이인 사교계 인사, 하인, 예술가 들로만 가득 차 있다고 믿으면서 죽었다. 너는 도둑과 살인자를 두려워했고 사교계 인사만 두들겨 팼다. 그것이 너를 힘들게 만들었다. 그것 때문에 너는 죽은 것이다. 사람들은 주는 법을 모른다. 그러나 갑자기 사람들이 주는 법을 깨닫는다고 한들 우리 쪽에서 받는 법을 알았을까?

---

* 그리스 신화에 나오는 바다의 신. 포세이돈의 아들로 상반신은 인간이고 하반신은 물고기다.

비아리츠에서 해수욕을 하던 우리의 젊은 시절이 기억난다. 너는 사랑에 빠졌고, 뉴욕에서 올 전보를 기다렸고, 마지막 날까지 뉴욕의 전보를 기다렸는데 전보가 무더기로 쏟아졌다.

네가 사랑했던 여인들은 너를 사랑했다. 적어도 그들은 그렇다고 이야기할 테지만 우리 친구들만큼 너를 사랑하지는 않았다. 이번에도 역시 우리는 네 죽음에 모두 놀랐다. 남자들을 사랑했다고? 그것이 사실이라면 그것은 또 하나의 모욕에 불과할 것이다. 너는 모욕을 조끼 호주머니의 회중시계처럼 달고 다녔다.

나의 가장 큰 배신, 그것은 네가 자살하지 않으리라 믿었던 것이다.

너는 강도 같은 모습은 전혀 아니었고 남의 돈을 두려워했다. 너는 은총의 방문을 받고 얼굴을 찌푸리는 부르주아였고 그 점이 바로 은총이 진짜였음을 증명한다. 그렇다. 겉으로는 기독교도였다. 속으로는 전혀 기독교도가 아니었다. 결국 기독교도와 이교도 사이에 어떤 차이가 있을까? 거의 없다. 자연에 대한 해석에서 미세한 차이만 있을 뿐. 이교도는 겉으로 드러나는 자체로서의 자연을 믿는다. 기독교도도 자연을 믿지만 그들이 상정한 자연의 이면에 입각해서 자연을 믿는다. 기독교도는 자연이란 상징, 상징으로 얼룩진 옷이라고 믿는다. 영생에 들면 그들은 옷을 뒤집고 세계의 현실, 즉 신을 만난다. 따라서 이교도와 기독교도는 오래된 믿음을 가지고 있고 세계의 현실을 믿는다. 너는 세계의 현실을 믿지 않았다. 너는 수많은 자질구레한 것을 믿었지만 세계는 믿지 않았다. 이 수많은 작은 것은 거대한 허무의 징후들이었다. 너는 미신을 믿는 사람이었다. 죽을 때까지 반항심의 지조를 지키는 반항아의 포근하고 잔인한 은신처. 너는 우표 한 장, 장갑 한 짝, 권총 한 자루 앞에 무릎을 꿇었다. 한 그루의 나무에는 아무런 감흥도 느끼지 못하지만 성냥 한 개비에는 힘이 내장되어 있다고 보았다.

너는 흑인들의 페티시에 적잖이 관심을 기울였다. 왜냐하면 너는 모든 형태의 미를 열심히 연구했기 때문이다. 대다수의 동시대 사람들과는 달리 너는 속이지 않았다. 너는 진정으로 아름다움에 대해 아무것도 이해하지 못했다. 마치 네 엄마를 바라보듯 너는 마네의 작품을 넋을 놓고 바라보았다. 그러나 너는 여자들과 야만인들이 그러하듯 진정한 페티시스트였다. 네가 자살한 방에 들어갔을 때 책상은 그대로 있었다. 그 위에는 부적과 신 들이 있었다. 못 먹고 못 자고 두려움에 떨던 부족들이 섬기던 가난의 신들.

우리는 죽음과 과거에 대해서만 글을 쓸 수 있다. 나는 너의 삶이 끝난 날에야 너를 이해할 수 있다.

너는 결코 신을 생각한 적이 없었다.

너는 나라가 무엇인지도 몰랐다.

너는 가족과 그 오욕에서 빠져나오지 못했다. 너는 유전자에 대해서 속수무책이었다. 너는 네 아버지, 네 증조할아버지한테서 벗어날 수 없었다. 나는 네가 술에 취해 어린아이처럼 신음하는 것을 들었다. 너는 너의 탯줄에 걸려 넘어졌다.

나는 너를 먹고 살았고 너로 내 배를 불렸고 아직도 나의 식사는 끝나지 않았다. 내 친구들이 이 세상이 끝나는 날까지 나를 먹여 살릴 것이다. 친구들은 나를 사로잡고 내 안에 거주하며 단 한 순간도 나를 떠나지 않았다. 그들이 수호천사 *라는 단어를 써서 말하고자 했던 것이 이런 것이었다.

겉으로 보기에 너보다 더 기독교적인 사람은 본 적이 없다. 너는 모든 것을 기독교도의 초연한 눈으로 바라보았다. 태양은 빛나지 않았고 바다는 파도치지 않았으며 계절은 가슴을 내놓기에 좋지 않았다. 너는 창백한 미소를 띠며 "저 여자 참 예쁘네"라고 말하더니 "저 여자를 내 침대에 붙박이로 잡아둘 거야"라고 덧붙였다. 네가 정사를 나누는 장면을 한 번 본 적이 있다. 그것은 내가 평생 받았던 상처 중에서 가장 큰 상처라고 생각한다. 아주 쉬운 발기, 완벽하게 대담한 발기였고 너는 허무를 사정했다. 여자는 너를 경악한 눈으로 바라보았고 너의 정중한 시선은 그녀의 눈빛을 얼려버렸다.

그렇다. 겉으로 보기에 너만큼 기독교적인 사람은 없다. 너는 자기도 모르는 사이에 멋쟁이, 완벽한 기독교 신사의 학교에 발을 들여놓았다. 무심함으로 마음의 존재를 증명하는, 흠 없고 흠을 남기지도 않는, 넥타이로 교육된 로봇. 브러멜**도 너처럼 마시고 정사를 했다. 그를 따라가고 싶었겠지만 너에게는 권위가 부족했다.

한 번이 아니라 수만 번씩 죽기를 원했고, 삶의 모든 것을 벗어버린 후에 살기를 원했던 (브러멜처럼) 일군의 사람들이 있었다.

모든 사람이 사는 것은 좋은 일이 아니라고 너에게 말했다. 사는 것이 좋지 않다고 말 혹은 글로만 이야기하지 않고 그보다 조금 더 나아간 사람은 어떤 사람일까?

자살을 한 사람들도 있다. 너는 항상 그들을 생각하다가 더 이상

---

* 원문에 단어가 빠져 있다.

** 조지 브러멜. 서구 남성 정장의 형식을 결정한 댄디즘의 원조.

생각하거나 말하지 않았는데, 그것은 그들의 죽음이 네 마음에 자리 잡았기 때문이었다.

나는 어떤 우는 여자 뒤를 따라가며 장례식장에 어울리도록 울먹거렸다. 빌어먹을, 알고 보니 그녀는 돈 받고 우는 곡녀(哭女)였다. 방금 전에 말했듯 너는 그 무엇에 대해서도 안목이나 재간이 없었다. 나는 방금 그렇다고 이야기했다. 비관주의란 어디에 근거하는 것일까? 네가 재능이 있었다면 너는 아직도 우리 곁에 있었을 것이다. 자살하지 않고 살아남은 사람들은 재능이 있고 자신의 재능을 믿는 사람이다.

재능. 이것을 두고 험담하지 말아야 한다. 정원사의 재능, 신문기자의 재능에 대해 험담하는 것을 원치 않는다. 재능에 대해서는 자연에게 불평하라. 자연은 매일 자기의 재능, 그 무한한 재능, 오로지 그 재능만을 보여준다.

너는 살아 있는 것을 좋아하지 않았다. 네가 나무나 여자를 사랑하는 모습을 나는 본 적이 없다. 네가 여자를 보며 꿈꾸던 것은 그들이 숨을 쉬지 못하게 만드는 것이었다.

우정. 우정이란 그것 하나만으로 모든 착각을 능가하는 착각. 너는 네가 보여줄 수 있었던 우정을 보여줄 기회를 갖지 못했다. 우리나라, 우리 시대에는 결코 갖지 못하는 기회이다. 그러나 기회가 있었다면? 모든 것을 경멸했고, 결코 삶에게 도움을 주지 않았던 네가 경멸하던 누구 혹은 어떤 것을 위해 죽었다고 가정해보자.

삶 역시 너에게 도움을 주지 않았다.

글을 써야만 한다면 그것은 가슴속에 무엇인가가 있는 경우이다.

만약 내가 오늘 글을 쓰지 않았다면 누구라도 내 얼굴에 침을 뱉을 수 있을 것이다.

너는 결코 내 얼굴에 침을 뱉지 않았다. 그것은 놀라운 일이다. 왜냐하면 너는 나와 내가 사랑하는 모든 것에 침을 뱉었기 때문이다. 네가 나를 마지막으로 보았을 때 너는 내 얼굴에 침을 가장 잘 뱉은 사람을 사랑한다고 했다.

네게 무슨 말을 할 수 있었을까? 아무 말도 할 수 없었다. 그러나 나의 *처럼 하찮은 주변 환경에 쉽게 좌우되는 네 불쾌감을 느낄 때 드는 거부감 혹은 조롱. 내게는 차라리 거부감이 들었다.

너를 길들이거나 환상에 빠지게 하는 일은 아주 쉬웠으리라. 내리막길을 걷는 철학의 발길을 돌리게 하는 일, 철학을 바꾸는 일은 그리 어렵지 않은 일이다.

손쉬운 일이라고? 너를 삶에, 우리에게 묶어두려면 가장 천박한 미끼만 있으면 되었으리라. 삶은 너에게 아주 보잘것없는 승리만을 거뒀을 뿐이다.

돈, 성공. 너는 시궁창과 죽음, 둘 중 하나를 선택할 수밖에 없었다.

죽는다는 것, 그것은 네가 할 수 있었던 것 중에서 가장 아름답고, 가장 강하고, 가장 좋은 것이다.

---

* 원문에 단어가 빠져 있다.

파시스트의 삶과 글

피에르외젠 드리외라로셸(Pierre-Eugène Drieu la Rochelle)은 1893년 1월 3일 파리에서 태어나 1945년 3월 15일에 세상을 떴다. 그는 일차대전에 참전하여 세 차례 부상을 당한 명예로운 시민이었고, 아라공, 말로, 몽테를랑과 교분을 쌓으며 다양한 장르의 글을 남긴 다작의 작가였다. 그러나 이차대전 중 독일에 부역한 전력으로 그의 작품은 오랫동안 그늘에 머물 수밖에 없었다. 전설적 여성 편력과 실패로 끝난 정치 참여, 그리고 자살로 마감한 그의 삶이 작품마저 추문으로 만들었지만, 세월이 흐른 후에 그의 소설, 일기, 편지가 출간되고, 「도깨비불」이 1963년 에릭 사티의 음악과 루이 말 감독의 연출이 조화를 이룬 영화로 환생하며 그의 작품세계가 독자의 주목을 받는다. 작가는 자신의 소설이 자서전의 범주에서 벗어나지 못한 것을 고민했을 정도로 『여자들로 뒤덮인 남자』 『샤를루아의 희극』 『벨루키아』 『질』 『몽상적 부르주아지』와 같은 소설들은 개인적 체험이 짙게 깔린 작품들이다. 여기에 『호적부』 『비밀 이야기』와 같은 회고록을 고려하면 글을 통해 그의 삶을 되짚어보는 일은 그리 어렵지 않다. 다만 그의 글로 삶을 엿볼 때 앙드레 말로의 다음과 같은 지적을 염두에 둬야 한다. "고백록의 화자는 자아를 윤색하고 정당화하는 나르시시즘에 빠지기 십상이지만 드리외는 오히려 제 생각의 비루함을 낱낱이 드러내고 자기비하를 즐기는 전복된 나르시시스트였다."

작가는 일기에서 돈과 질투의 드라마가 오이디푸스 드라마를 변형시킨 어린 시절을 회고했고, 그 드라마는 삼대에 걸친 가족의 불행을 그린 『몽상적 부르주아지』(1937)에서 소설화되었다. 소설 속의 카미유처럼 변호사였던 아버지 에마뉘엘은 지참금을 노리고 어머니 외젠과 결혼했지만 금세 혼전에 사귀던 애인 곁으로 떠나버렸고, 어머니는 외간 남자 곁에서 허전함을 달랬다. 부모의 불화와 경제적 파탄으로 인해 작가는 어린 시절을 외할머니 곁에서 보내야만 했다. 허황된 사업 구상에 매달렸지만 정작 행동에는 무력했던 탓에 어머니 집안마저 파산으로 몰았던 아버지는 작가의 모든 글에서 증오와 경멸의 대상으로 그려진다. 어린 시절의 불행이 아버지의 몽상과 나태에서 비롯되었다고 생각한 작가는 그 전철을 밟는 것을 두려워하며 꿈을 실천으로 옮기는 강인한 남성을 이상으로 삼았고, 사위에게 실망한 외할머니의 손에 자라면서 그의 생각은 강박관념으로 굳어진다. 할머니는 그가 자아와 세계에 대해 첫눈을 뜨기도 전에 나폴레옹의 이야기를 들려주며 그에게 영웅주의를 주입했다. 어린 시절 부유한 동료 학생에게 느낀 열등감에 영웅숭배가 겹친 복합심리는 돈과 육체적 힘에 대한 갈망으로 이어지면서 정치학을 전공하여 화려한 출세를 꿈꾸지만, 졸업시험에 낙방하며 좌절을 겪는다.

자살 욕구에 시달리는 스무 살의 청년에게 1914년에 발발한 전쟁은 새로운 가능성을 열어주는 구원처럼 보였다. 그러나 열등감에서 벗어나 말을 타고 질주하는 영웅상을 구현하려던 그에게 일차대전의 실상은 상상과는 전혀 딴판이었다. 인류가 처음 겪은 기계전, 화학전으로 역사에 기록된 이 전쟁에서 그는 영웅은커녕 오로지 참호 속에서 굴욕적 자세로 엎드려 있다가 눈먼 총알에 죽어가는 비참한 인간을 보았을 뿐이다. 중세 기사를 찬양하며, 인간이 인간을 죽이는 일은 눈이 마주 보이는 지근거리에서만 가능하다는 영웅 신화에 빠졌던 그에게 일차대전은 영웅이 끼어들 틈이 없는 지루한 참호전이었다. 게다가 국민개병제로 동원된 잡다한 군상에 동화되지 못하고 무력감에 빠진 채 전쟁을 겪는다.

누구나 평등하게 전쟁에 참여하는 민주화된 군대 제도와 개인의 역량을 무의미하게 만드는 기계전을 통해 그는 민주주의와 모더니즘에 대한 반감을 키운다. 금세 끝날 줄 알고 시작한 전쟁은 4년이나 지속되었고, 이후 그의 삶에서 전쟁 체험은 선악과 미추를 판가름하는 시금석으로 작용한다. 스무 살에서 마흔다섯 살 사이의 모든 프랑스 남자가 참전해서 열 명 중 두 명은 전사하고 네 명은 상이군인이 된 참상은 전후 세대의 가치관을 바꿔놓기에 충분했다. 또한 전선으로 니간 남자의 빈자리를 채울 수밖에 없었던 여자는 노동력 부족을 겪는 전후 시대에 여성의 역할을 자각하고 사회 진출을 적극 도모하게 되었다. 이를 계기로 전쟁이라는 자멸의 길을 택한 후 허무에 빠진 남자와 파괴된 가정과 사회를 돌보는 여자, 달리 말해 무력한 남자와 능동적 여자라는 도식적 틀은 그의 소설뿐 아니라 전후 소설에서 반복 동기로 등장하는 세대적 특징이 된다.

아버지를 증오했지만 점차 그를 닮아가는 자신의 모습에 아들은 절망한다. 아버지와 마찬가지로 지참금을 노리고 유대인과 결혼한 그는 전후에 부유한 댄디로 변신하여 초현실주의자들과 어울리며 정계와 문단을 드나든다. 드리외는 전후 프랑스의 현실을 퇴폐주의로 규정하고 그 원인을 의회민주주의와 자본주의에서 찾았다. 나약하고 부패한 프랑스 정치 현실을 일거에 뒤집을 혁명을 꿈꾸며 극좌와 극우 사이에서 방황하던 그에게 독일은 힘과 미래를 지닌 나라로 비쳤다. 히틀러와 스탈린 중에서 결국 전자를 택한 작가는 독일을 강력한 국가로 이끈 파시즘을 기치로 통합된 유럽 국가를 꿈꾸었다.

1934년 파시즘을 택한 그는 글과 행동으로 현실에 적극 참여하고, 이차대전이 발발하자 점령지의 독일 대사 오토 아베츠의 후원으로 갈리마르 출판사의 문예지 『신프랑스평론*La Nouvelle Revue Française*』을 총괄하는 지위에 오른다. 프랑스를 지탱하는 세 기둥을 은행, 공산주의 그리고 『신프랑스평론』으로 파악한 오토 아베츠는 파시스트 작가 드리외를 앞세워 기둥 하나를 장악하려 했던 것이다. 그러나 채 1년도 지나지 않아 드리외는 자신의 선택을 후회하고 전쟁이 끝나자 결국 자살을 택한다. 자전소설 『몽상적 부르주아지』에 따르면 드리외는 삶의 의미를 소설을 통해 해석했다. 외동딸을 위해 재산을 탕진한 외할아버지를 보며 발자크의 『고리오 영감』을 떠올렸고, 사랑을 도구로 야망을 실현하려는 아버지, 그리고 아버지의 전철을 밟는 자신의 운명을 『적과 흑』에서 읽었다. 소설에서 삶을 읽고 삶을 소설로 썼던 그에게 삶과 예술은 구별되지 않았다. 그리고 파시즘으로 이어진 그의 선택은 예술의 가장 포괄적이고 고양된 형태가 바로 정치라는 괴벨스의 말을 그대로 실현한 것처럼 보인다.

드골은 1914년에 시작된 전쟁은 1945년에야 비로소 끝났으며 20세기 전반부를 독일 패권주의에 맞선 30년전쟁의 시대라고 정의했다. 드리외는 그 30년전쟁에 온몸을 던졌다가 비참한 최후를 맞은 불운한 작가이며, 흔히 퇴역 군인의 이념이라 폄하되는 파시즘은 그에게 강요된 선택이었는지도 모른다. 논리와 이성에 따른 지루한 설득을 거부하고 돈으로 오염된 자본주의를 일거에 뒤엎는 힘을 간절히 바랐던 그는 결국 인종차별과 폭력의 지배를 정당화하는 히틀러를 선택하는 오류를 저질렀다. 자본주의를 경멸하면서도 돈이야말로 정신적 물리적 힘을 농축한 실체라고 보았고, 자본주의와 유대주의를 동일시하며 유대인을 증오했지만 유대인 여인과 사랑에 빠졌으며, 정신에 대한 육체의 우위를 강조했지만 자신의 육체적 결함, 특히 성적 무능에 끊임없이 회의했던 그의 삶은 모순과 역설로 점철되었다. 정신의 갱생을 위해 육체의 희생을 미화한 드리외의 비장미는 파시즘 미학의 특징이지만, 동시대 작가이자 공산당에 가입한 폴 니장은 죽음을 앞둔 주인공이 고른 넥타이와 구두를 과도하게 묘사한 「도깨비불」의 작가를 퇴폐적 댄디에 불과하다고 깎아내렸다.

『도깨비불』

「도깨비불」은 평생 자전적 소설만 쓴 드리외라로셸에게 다소 예외적인 작품이다. 그의 작품 중에서 자전적 색채와 정치적 신념이 옅은 거의 유일한 작품이기 때문이다. 드리외는 전후 1920년대에 자유분방한 여성 편력을 과시하며 사교계를 드나들던 중 자크 리고를 만났다. 작가처럼 일차대전에 참전했던 자크 리고는 전후 파리 사교계에서 마약과 기행으로 악명을 떨치던 다다이스트 악동이었다. 제도와 관습, 물질만능의 자본주의를 거부했던 전후 예술가 중에서도 냉소와 기행으로 단연 세인의 관심을 끌었던 리고를 작가는 매혹과 거부감이 뒤섞인 눈길로 대했다. 드리외는 파격과 일탈만으로는 예술적 재능을 대신할 수 없다고 생각하여 결국 상당 기간 그를 멀리했다. 그러나 1929년 11월 6일 요양소에서 그가 권총으로 심장을 겨눠 자살했다는 소식에 충격을 받고 회한에 차 「잘 가라, 공자그」를 쓴다. 이후 자신의 문학적 재능조차 확신하지 못했던 처지에 친구에게 재능이 없다고 했던 극언이 떠올랐고, 그 말 한마디로 한 인간을 죽음으로 몰았다는 자책에 빠져 「도깨비불」을 쓴다. 그가 자크 리고를 비난하고 멀리했던 것은 그에게서 자신의 진정한 내면을 보았기 때문이었다.

드리외보다 한 살 어린 자크 리고는 일찌감치 다다이즘과 초현실주의에 매료되어 과격한 전위예술을 실천했지만 마약에 발목을 잡히고 만다. 무명과 가난에서 벗어나기 위해 부유한 미국 여자를 만나 뉴욕으로 떠나지만 금세 여자에게서 버림받고 파리로 돌아와 예전 생활을 되찾는다. 첫 결혼에 실망한 드리외도 그 시절 알제리 여자, 이탈리아 백작부인, 유대인 거부의 딸 등에게 구애하여 새로운 삶을 꾀하던 터였다. 늙은 대륙의 퇴폐주의에 절망한 프랑스의 젊은 예술가들 사이에는 건전하고 부유한 미국 여인만이 자신들을 일거에 구원할 수 있다는 신화가 널리 퍼져 있었다. 젊은 예술가들은 사회를 단숨에 전복할 혁명을 꿈꾸었듯, 절망에서 벗어날 기적을 여자, 특히 신대륙의 여자에게서 찾은 것이다.

「도깨비불」의 주인공 알랭은 리고와 드리외를 섞어서 빚은 인물이다. 마약을 제외한 알랭의 회의와 방황은 온전히 드리외라로셸의 것이다. 심지어 자살만이 남자다운 행동의 정점이라는 생각을 행동에 옮긴 것까지도 닮았다. 또한 정치와 문학을 등지고 고대 종교, 특히 인도철학과 불교에 빠진 소설 속의 뒤부르는 바로 드리외의 내면세계이며 따라서 알랭과 뒤부르의 대화는 작가의 독백에 불과하다. 정신과 이성을 앞세우는 태도를 전쟁을 통해 이미 유효성이 끝난 계몽주의의 잔재라고 비웃으며 육체, 직관, 감성의 정직성과 초월적 신화에 경도된 드리외는 육체, 특히 남성적 힘에 과도한 의미를 부여하였고, 그것은 평생 자신의 성적 능력을 비하하는 결과를 낳았다. 부유한 여성의 후원이 절실했던 가난한 무명 예술가들 사이에서 번듯한 외모와 성적 매력을 과시하는 댄디즘이 퍼진 것은 자본주의의 또 다른 이면이었다.

「도깨비불」의 첫 장면에서 남녀 간의 성관계는 뜨겁고 지속적인 불길이 아니라 차갑게 반짝이는 순간적 섬광에 불과한 것으로 묘사되어 있다. 여성 후원자에게 육체적 만족을 주지 못한다는 자괴감은 드리외의 전 작품을 관통하는 강박관념이었다. 미국 여자 리디아와 하룻

밤을 보내고 돌아간 요양소는 퇴폐주의에 물든 프랑스 사회의 축도였고, 결혼과 함께 안락한 부르주아 생활에 정착한 후 종교에 빠진 뒤부르, 예술을 후광 삼아 여인에게 기생하는 속물 팔레, 궤변으로 마약중독을 합리화하며 퇴폐에 빠진 사람들, 가난한 예술가가 범접할 수 없는 유한계급의 군상을 멸시와 부러움의 눈길로 바라보는 주인공은 리고뿐 아니라 작가 자신의 내면을 비추는 거울이다. 그가 쓴 소설의 주인공 알랭처럼 작가도 나중에 자살하게 된다.

일차대전 직전의 시절이 소위 '벨 에포크', 아름다운 시절인 데 반해 전후 정치 혼란과 경제공황을 겪던 1920년대를 '미친 시대'라고 부른다. 「도깨비불」은 바로 그 광기에 휩싸인 시절을 견뎌야 했던 세대를 그린 소설이다. 예전의 식민지 전쟁과 달리 가장 앞선 문명인임을 자부했던 유럽인끼리 저지른 가장 야만적 전쟁을 치른 세대는 이전까지 그들의 문명을 지탱했던 모든 가치와 규범을 회의하기 시작했다. 전쟁의 열기가 채 가시지 않은 데에 광기가 더해지면 파시즘이 된다. 여타 이데올로기와 달리 파시즘은 체계적 이념이 아니라 모순과 역설이 뒤엉킨 정서 상태에 가깝다. 대놓고 지성을 조롱하고 육체의 의미를 과장하는가 하면 규율과 절도를 내세워 현실세계를 모두 퇴폐라고 규정하는 동시에 금세 자신마저 부정하는 과장된 허무주의는 대중뿐 아니라 특히 예술가에게 선동적 매력을 발산했다.

「도깨비불」은 1920년대 파리의 젊은이를 그린 벽화이지만 현재를 사는 우리도 그 의미를 되새겨볼 만한 작품이다. 예술과 삶을 혼동하는 태도, 이성의 파탄을 선고하고 육체와 감각의 권리를 복권하려는 시도, 부모를 대체할 만한 영웅상의 옹립, 죽음의 미화 등은 근대 유산을 부정하는 포스트모던 미학과 공명하기 때문이다. 파시즘은 포스트모더니즘이란 용어가 생기기 이전에 시작된 진정한 포스트모더니즘이라는 지적이 유효하다면 「도깨비불」은 현재진행형의 소설이라 할 수 있다.

이재룡

1893년 1월 3일 파리에서 태어났다. 노르망디 출신의 아버지 에마뉘엘 드리외라로셸은 법학을 전공한 후 변호사 사무실에서 일하지만 사업하기를 원했다. 아버지의 사업 실패와 외도로 불행해진 어머니 외젠 르페브르마저 아들을 외가에 맡기고 가정을 돌보지 않는다. 작가는 할머니의 극진한 보살핌을 받으며 유년기를 보낸다. 노인 곁에서 자란 그는 노화가 사랑하는 사람을 파괴하는 과정을 목격하고 어린 시절부터 늦어도 쉰 살 이전에 죽겠다고 결심한다.

1902년 성모마리아회가 운영하는 성마리아 중학교에 입학한다. 부유한 학생들 사이에서 궁핍한 처지를 비관하며 "나는 부자 아이들 중에서 덜 부자였다가 아버지 때문에 가난한 아이가 되었다. 나는 그랑부르주아들 사이에서 불편해하는 프티부르주아였다"고 이 시절을 회고한다.

1907년 서점에서 니체의 『차라투스트라는 이렇게 말했다』를 발견하고 어머니를 졸라 책을 산 후 평생 애독서로 삼는다.

1908년 여름방학을 영국에서 보내며 스포츠를 통해 건전한 육체와 정신을 기르는 영국 학생들을 보고 운동을 시작한다. 정신과 육체의 관계를 생각하며 육체를 무시하는 유약한 프랑스 지성에 절망한다. 건장한 영육을 지닌 북방 민족이야말로 이상적 인간상이라는 믿음은 훗날 인종차별주의로 전개된다. 당시 프랑스 지식인에게는 낯선 스포츠 숭배자가 되어 아령, 역기를 이용한 소위 몸만들기에 열중한다.

1910년 파리 사립정치학교에 입학한 후 장래가 보장된 명문가 출신의 동료들 사이에서 소외감을 느낀다. 동료 앙드레 제라메크와 친교를 맺는다. 부유한 유대인 제라메크의 집에 초대받아 처음으로 행복한 가정과 부유함의 실체를 구경하고 그의 여동생 콜레트 제라메크를 만난다. 아미엘의 『일기』를 읽고 진솔하고 치열한 내면성찰을 배운다. 친구 라울 뒤마의 영향으로 시를 써보지만 문학은 자신의 분야가 아니라고 판단하고 철학, 역사, 경제학을 천착한다. 쇼펜하우어를 통해 동양철학을 접한다.

1911년 초겨울에 유곽을 전전하며 절망, 죄의식, 모멸을 느낀다. 이 시절부터 육체적 쾌락과 정신적 사랑을 단절하는 태도를 취하며 서구 문명의 퇴폐와 우울을 체험한다. 보수와 진보, 좌익과 우익 할 것 없이 현 세계는 돌이킬 수 없이 퇴폐로 치닫고 있다고 생각한다. 우유부단한 개인적 성향을 만족시키고 급진적 사회 개혁을 실현할 제삼의 길은 없는지 고민한다. 당시에 자신의 좌파 성향은 부유한 보수층 학생들에 대한 반작용으로 형성된 것이란 자각을 한다. 이 시기에 우익 정치단체 '프랑스 행동(Action Française)'을 발견한다. 데모에 휩쓸렸다가 자신에게서 육체의 무력함, 문약한 지식인의 모습을 발견하고 힘과 육체에 과도하게 집착한다. 경찰이건 노동자건 나약한 프티부르주아가 감당하기 어려운 것은 육체적 정신적 용기, 힘이라고 생각한다. 어린 시절부터 키플링, 단눈치오의 남자다움, 도스토옙스키의 폭력적 성스러움에 탐닉했고, 니체에 비해 모리스 바레스는 너무 나약하고 개인주의적이라 느낀다. 거리에서 여자를 따라가 유혹하는 습관, 그가 예술이라 불렀던 습관이 생긴다. 그중 몇몇 만남이 훗날 『여자들로 뒤덮인 남자 *L'homme couvert de femmes*』에서 소설화된다.

1913년 6월 정치학교 졸업시험에 낙방하고 자살을 생각한다. 군대에 징집되어 11월에 입대한다. 군 생활 중에도 틈틈이 베르그송 강의를 듣고 러시아 발레 공연을 감상한다. 작가가 이 세상에서 가장 사랑했다는 외할머니가 죽는다.

1914년 휴가를 나와 독일에서 한 달간 체류한다. 샤를루아에 하사관으로 배속되어 처음으로 전쟁의 실상을 접한다. 이 전투에서 머리에 부상을 입고 후송되고 친구 앙드레 제라메크는 죽는다. 이 체험은 훗날 『샤를루아의 희극*La comédie de Charleroi*』으로 소설화된다.

1915년 중동 전선에 투입되어 다르다넬스 전투에 참전한다. 전투 중 이질에 감염되어 후송된 후 병상에서 간호사가 권한 랭보, 베를렌, 클로델의 작품을 탐독한다.

1917년 콜레트 제라메크와 결혼한다. 부인의 재산을 노린 결혼에 대해 "자기가 얼마나 더러운 짓을 했는지 의식하며 결혼했다"고 자책한다. 시집 『의문*Interrogation*』 출간.

1918년 부상 전력 때문에 통역병으로 전속된다. 레옹폴 파르그의 정부이자 작가보다 나이가 두 배 많은 유부녀 마르셀과 만나 사랑에 빠지지만 곧 헤어진다.

1919년 3월 전역. 아내 콜레트는 의학 공부를 계속하는 한편 작가는 아내의 재산 덕분에 화려한 사교 생활을 영위한다. 각종 모임과 여행으로 소일하고 올더스 헉슬리, 오르테가 이 가세트 등과 만난다.

1920년 시집 『그릇 밑바닥*Fond de cantine*』 출간.

1921년 북아프리카를 여행하던 중 만난 알제리 여자 에마 베나르와 사랑에 빠져 "일생에 가장 행복했던 보름"을 지낸다. 5월 베나르가 암에 걸려 베네치아, 파리 등지에서 치료를 받는다. 베나르는 1년 후 죽는다. 이 시절 초현실주의자들, 특히 아라공과 친분을 쌓는다. 『도깨비불*Le feu follet*』의 실제 인물 자크 리고를 만난 것도 이 무렵이다. 별거나 다름없었던 첫 번째 결혼 생활에 마침표를 찍는다. 자서전 『호적부*État civil*』, 소설 『빈 가방*La valise vide*』 출간.

1922년 정치평론집 『프랑스의 절제*Mesure de la France*』 출간.

1924년 출판사 사장 갈리마르에게 편지를 써서 "문학적 재능의 존재 여부를 소설을 통해 확인"하고자 한다. 게타리에 집을 임대해 아라공, 자크 리고, 폴 샤르돈을 초대한다. 비아리츠 해변에서 코니라 불렸던 미국 여자 콘스턴스 워시를 만난다. 그녀를 훗날 소설 『질*Gilles*』에서 도라라는 이름의 미국 유부녀로 그린다. 그해 겨울 코니는 이혼하고자 했고 그녀 남편도 동의한다. 작가는 미국으로 떠나려고 계획했으나 코니는 프랑스를 떠난 후 드리외에게 결별을 통고한다. 코니가 떠나자 자살을 생각하며 가슴에 평생 지워지지 않을 균열이 생겼음을 느낀다. 단편집 『미지인에 대한 불평*Plainte contre inconnu*』 출간.

1925년 어머니가 죽는다. 『신프랑스평론』 8월호에 기고한 글로 인해 아라공과 결별한다. 9월호에 아라공이 「네가 나의 친구였던 그 사람이 맞는가?」라는 글을 발표하며 두 작가는 완전히 등을 돌린다. 「아라공과의 결별」이란 글을 준비하나 발표를 포기한다. 파리에서 이탈리아 백작부인 코라 카테니를 만난다. 그녀와 11월, 12월 니스에서 다시 만나 함께 시간을 보낸다. 소설 『여자들로 뒤덮인 남자』 출간.

1926년 연초에 코라와 로마에서 두 달을 보내고 『마지막 날의 장군*Le dernier jour d'un général*』을 집필하지만 완성하지 못하고 작품의 줄거리를 훗날 『젊은 유럽인*Le jeune européen*』에 포함시킨다. 코라와 만나며 동시에 부자 유대인 릴리앵에게 청혼한다. 미래에 대한 불안에 빠지지만 "혼자 살 수는 없으나 어느 여인이라도 나의 소설가로서의 길을 방해할 것"이라고 고민한다. 결혼에 대한 망설임과 우유부단의 과정을 『로마 간주곡*L'intermède romain*』에서 토로한다. 에마뉘엘 베를, 조르주 오리크, 가스통 베르주리 등 다양한 정치인과 빈번히 교유한다.

1927년 파리에서 프랑스 백작부인을 만나는 동시에 다른 유대인 여자와 결혼하려 한다. 9월 22일 폴란드 출신 은행가의 딸 알렉상드라 젱키비치, 일명 올레지아와 재혼한다. 정치평론집 『젊은 유럽인』 발표.

1928년 그리스에서 소설 『창가의 여자*Une femme à sa fenêtre*』를 집필한다. 정치평론집 『제네바 혹은 모스크바*Genève ou Moscou*』, 소설 『블레슈*Blèche*』 출간.

1929년 아르헨티나 출신의 귀부인으로 파리 문화계에서 활동하던 빅토리아 오캄포를 만난다. 그녀가 주도하는 브라질 문예지에 편집위원으로 참여하고 기고도 한다. 오캄포와 지적 연인관계를 유지하는 동시에 그녀의 여동생 안젤리카와 육체관계를 맺는다. 영국 여행 후에 두번째 부인과도 별거에 들어간다. 11월 6일 자크 리고가 자살한다. 그 소식에 충격을 받고 회한에 차 「잘 가라, 공자그*Adieu à Gonzague*」를 쓴다. 그리고 마음의 짐을 내려놓기 위해 단숨에 『도깨비불』을 써내려간다.

1930년 소설 『창가의 여자』 출간.

1931년 올레지아의 친구였던 니콜 보르도를 만나 10여 년간 친분을 유지한다. 『도깨비불』 『나라들을 넘어선 유럽*L'Europe contre les patries*』 출간.

1932년 아르헨티나로 강연 여행을 떠난다. 보르헤스를 만나 영감을 받고 『말 탄 남자*L'homme à cheval*』를 구상한다. 이 여행 중에 "무기력에 빠진 서방세계는 머지않아 파시즘과 공산주의의 모순으로 인해 찢길 것"이라 예견한다. 남미 순회 강연이 성공을 거두자 걷잡을 수 없는 정치의 운명 속으로 추락했다고 느낀다. 10월 독일에서 순회강연을 한다.

1933년 니콜과 재회하여 루아르 강변에서 며칠을 보내면서 단편집 『샤를루아의 희극』을 집필한다. 이듬해 출간된 이 작품으로 르네상스 문학상을 받는다. 소설 『이상한 여행*Drôle de voyage*』 출간.

1934년 1월에 베르트랑 드 주브넬과 독일로 가서 그의 소개로 훗날 프랑스 점령지의 실권자가 될 오토 아베츠를 만난다. 독일 강연에서 프랑스는 라틴계의 속성도 있지만 북구 성향도 있어서 독일과 가깝다는 취지의 발언을 한다. 2월 6일 극좌, 극우의 과격한 요소를 통합한 혁명운동을 꿈꾸며 자신을 파시스트라 선언한다. 5월 21일 아버지가 죽는다. 『몽상적 부르주아지*Rêveuse bourgeoisie*』를 집필한다. 단편집 『오쟁이 진 남자의 일기*Journal d'un homme trompé* 』, 정치평론집 『파시스트 사회주의*Socialisme fasciste*』 발표.

1935년 산업재벌 루이 르노의 부인 크리스티앙 르노를 만나 사랑에 빠지고 그녀를 소설 『벨루키아*Béloukia*』의 여주인공으로 그린다. 파리의 여왕이라 불리던 크리스티앙은 작가가 죽을 때까지 후원자 역할을 한다. 독일과 러시아를 방문하며 두 나라의 규율과 활기가 프랑스에는 결핍되었음을 절감한다. 나치의 군사 행진을 바라보며 러시아 발레만큼 감동적이라고 생각한다. 남성적 규율과 육체적 아름다움이 뒤섞인 비장미를 추구하는 파시스트 미학의 단초를 엿볼 수 있다.

1936년 6월 28일 자크 도리오가 창당한 프랑스 인민당에 가입한다. 베를린, 이탈리아, 북아프리카, 스페인을 여행한다. "사회주의를 믿지 못한다. 러시아에서 실패했다"며 자본주의에 온건한 태도를 취하는 도리오에게 실망한다. 문학과 정치 사이에서 갈등하며 정치에 진력했던 지난 세월을 후회한다. 야심작 『질*Gilles*』의 집필을 시작한다. 『벨루키아』 출간.

1937년 10월 7일 빅토리아 오캄포에게 보내는 편지에서 "공산주의자가 아니면 반공주의자이고 반공주의자이면 파시스트가 될 수밖에 없다. 둘 사이에 있는 민주주의, 급진주의, 자유주의, 기독교주의, 중도보수 등 어느 것도 불가능하니 남은 것은 파시즘밖에 없다. 공산주의와 파시즘은 닮은 점이 매우 많다. 파시스트는 폭력과 독재를 고백하지만 공산주의는 뻔뻔스럽게도 이를 부정한다. 왜냐하면 파시스트는 냉소적이며 공산주의자는 위선적이기 때문이다"라고 쓴다. 『몽상적 부르주아지』 출간.

1938년 도리오에게 실망하며 점차 정치에 혐오를 느낀다. 중년에 이르러 여성 편력도 주춤해지면서 자살을 생각한다. "문학은 직업이 아니고 고작해야 못된 습관, 치명적 스포츠에 불과하다"며 문학에 대해서도 회의에 빠진다. 8월 『질』의 초고를 완성한다. 프랑스 인민당에 참여했던 정치적 동료들이 탈당을 고려하자 정치에 환멸을 느낀다.

1939년 1월 8일 도리오에게 사퇴의 편지를 쓴다. 정치를 접고 점차 종교사에 빠져든다. 『질』이 출간되고 성공을 거둔다.

1940년 봄에 중동 지역에 가서 기사를 쓰고자 했으나 좌우 진영 모두 그의 계획에 무관심한 것을 보고 자신이 정치체제 바깥으로 내몰렸음을 절감한다. 프랑스군이 독일군에 연패하자 더욱 종교사에만 몰두한다. "종교를 천착하는 것이 나의 가장 아름다운 마지막 관심이다." "정치에 개입했지만 나는 주역이 아니었다. 기껏해야 귀띔을 해주는 사람이었거나 각색자였고 이제는 관객에 불과할 것이다."

1941년 오토 아베츠의 권유로 『신프랑스평론』의 편집을 맡으면서 작가는 그 반대급부로 체포된 문인의 석방을 요구한다. 러시아에 진격했던 독일군이 패퇴하는 것을 보고 "히틀러는 나폴레옹의 천재성뿐 아니라 우둔함까지 함께 지녔다"며 실망한다.

1942년 점령지에서 독일이 펼치는 정치에 실망하고 독일이 패전한 후 반동적인 혁명가였던 자신에게 걸맞은 죽음의 형식을 생각한다.

1943년 7월 27일 무솔리니가 퇴임하자 "파시즘이 고작 이것이었을까? 히틀러가 이보다 나을까? 파시즘은 부르주아의 방패막이에 불과하다는 마르크시스트의 말이 맞았다. 이제 내게 남은 모든 희망은 공산주의다"라고 개탄한다. "망명, 은신, 수감과 같은 불필요한 모욕을 당하느니 적당한 시기에 내 책 속에서 자살하리라"고 다짐한다. 11월 스위스로 여행을 간다. 이 여행을 통해 자신은 도망칠 수도 있지만 자의로 프랑스에 남았음을 증명하고자 한다. 우파니샤드, 브라마수트라, 도덕경을 읽고 밀교에도 깊은 관심을 보이며 모든 종교를 하나로 잇는 끈을 찾으려 한다. 가룟 유다를 주인공으로 한 소설을 기획하나 쓰지 못하고 소설 『짚풀 개*Les chiens de paille*』, 정치평론 「유럽의 프랑스인*Le français d'Europe*」을 썼으나 해방된 후라 그의 마지막 두 작품은 압수, 폐기되어 당시에는 독자를 만나지 못한다. 『정치 시평 1934~1943*Chroniques politiques 1934~1943*』 『말 탄 남자』 출간.

1944년 6월 8일 노르망디상륙작전이 성공했음을 확인하고 재판보다 자살을 택하기로 결심한다. 8월 11일 음독자살을 시도하지만 하녀에게 발견되어 병원으로 옮겨진다. 며칠 후 병원에서 다시 자살을 시도하지만 실패한 후 첫번째 부인의 도움으로 은신처를 구한다. 반 고흐의 삶을 주제로 삼은 소설 『젊은 날의 반 고흐: 더크 라스프의 회고*Mémoires de Dirk Raspe*』를 쓰기 시작한다. 드리외는 절망에 빠진 과격한 화가 고흐를 히틀러의 선구자로 보고 오래전부터 관심을 가졌다. 희곡집 『샤를로트 코르데, 우두머리*Charlotte Corday, Le chef*』 출간.

1945년 파리로 돌아오자 체포영장이 발부된다. 3월 15일 "이번에는 제발 나를 자도록 내버려둬"라는 쪽지를 남기고 음독자살에 성공한다.

1961년 1951년 500부 한정본으로 출간되었던 회고록 『비밀 이야기 *Récit secret*』가 재간된다.

1963년 『불쾌한 이야기*Histoires déplaisantes*』 출간.

1964년 『짚풀 개』 『작가들에 대해*Sur les écrivains*』 출간.

1966년 『젊은 날의 반 고흐: 더크 라스프의 회고』 출간.

1992년 『일기 1939~1945*Journal 1939~1945*』 출간.

1993년 『앙드레 제라메크, 콜레트 제라메크와의 서간문*Correspondance avec André et Colette Jéramec*』 출간.

지은이 **피에르 드리외라로셸**
1893년 1월 3일 프랑스 파리에서 태어났다. 1910년 파리 사립정치학교에 입학해 정치학을 전공했다. 이차대전이 발발하자 나치에 협력해 갈리마르 출판사의 문예지 「신프랑스 평론」을 총괄하는 지위에 올랐다. 그러나 채 1년도 지나지 않아 자신의 선택을 후회하고 전쟁이 끝나는 1945년 음독자살했다. 소설 「샤를루아의 희극」 「몽상적 부르주아지」 「젊은 날의 반 고흐」, 시집 「의문」 「그릇 밑바닥」, 자서전 「호적부」 등 수많은 작품을 남겼다.

옮긴이 **이재룡**
성균관대 불문과를 졸업하고 프랑스 브장송 대학에서 석사와 박사 학위를 받았다. 문학평론가로 활발히 활동하면서 밀란 쿤데라, 외젠 이오네스코, 르 클레지오, 미르체아 엘리아데 등을 국내에 처음으로 소개하였다. 현재 숭실대 불문과 교수로 재직 중이다. 지은 책으로 「꿀벌의 언어」, 옮긴 책으로 「외로운 남자」 「참을 수 없는 존재의 가벼움」 「포옹」 「모더니티의 다섯 개 역설」 「달리기」 「고야의 유령」 등이 있다.

세계문학전집
도깨비불

양장본 초판 인쇄 2012년 5월 1일
양장본 초판 발행 2012년 5월 7일

지은이 피에르 드리외라로셸 | 옮긴이 이재룡 | 펴낸이 강병선
책임편집 고우리 | 편집 오동규 | 독자모니터 이승호
디자인 김선미 이주영 서설미 | 저작권 김미정 한문숙 박혜연
마케팅 정민호 김도윤 박보람 | 온라인 마케팅 이상혁 장선아
제작 안정숙 서동관 김애진 | 제작처 미광원색사(인쇄) 우진제책(제본)

펴낸곳 (주)문학동네
출판등록 1993년 10월 22일 제406-2003-000045호
주소 413-756 경기도 파주시 교하읍 문발동 파주출판도시 513-8
전자우편 editor@munhak.com | 대표전화 031) 955-8888 | 팩스 031) 955-8855
문의전화 031)955-8889(마케팅), 031)955-2681(편집)
문학동네카페 http://cafe.naver.com/mhdn
문학동네트위터 http://twitter.com/munhakdongne

ISBN 978-89-546-1809-0 04860
ISBN 978-89-546-1020-9 (세트)

www.munhak.com

문학동네 세계문학전집

1, 2, 3 안나 카레니나 레프 톨스토이 | 박형규 옮김

4 판탈레온과 특별봉사대 마리오 바르가스 요사 | 송병선 옮김

5 황금 물고기 르 클레지오 | 최수철 옮김

6 템페스트 윌리엄 셰익스피어 | 이경식 옮김

7 위대한 개츠비 F. 스콧 피츠제럴드 | 김영하 옮김

8 아름다운 애너벨 리 싸늘하게 죽다 오에 겐자부로 | 박유하 옮김

9, 10 파우스트 요한 볼프강 폰 괴테 | 이인웅 옮김

11 가면의 고백 미시마 유키오 | 양윤옥 옮김

12 킴 러디어드 키플링 | 하창수 옮김

13 나귀 가죽 오노레 드 발자크 | 이철의 옮김

14 피아노 치는 여자 엘프리데 옐리네크 | 이병애 옮김

15 1984 조지 오웰 | 김기혁 옮김

16 벤야멘타 하인학교–야콥 폰 군텐 이야기 로베르트 발저 | 홍길표 옮김

17, 18 적과 흑 스탕달 | 이규식 옮김

19, 20 휴먼 스테인 필립 로스 | 박범수 옮김

21 체스 이야기·낯선 여인의 편지 슈테판 츠바이크 | 김연수 옮김

22 왼손잡이 니콜라이 레스코프 | 이상훈 옮김

23 소송 프란츠 카프카 | 권혁준 옮김

24 마크롤 가비에로의 모험 알바로 무티스 | 송병선 옮김

25 파계 시마자키 도손 | 노영희 옮김

26 내 생명 앗아가주오 앙헬레스 마스트레타 | 강성식 옮김

27 여명 시도니가브리엘 콜레트 | 송기정 옮김

28 한때 흑인이었던 남자의 자서전 제임스 웰든 존슨 | 천승걸 옮김

29 슬픈 짐승 모니카 마론 | 김미선 옮김

30 피로 물든 방 앤절라 카터 | 이귀우 옮김

31 숨그네 헤르타 뮐러 | 박경희 옮김

32 우리 시대의 영웅 미하일 레르몬토프 | 김연경 옮김

33, 34 실낙원 존 밀턴 | 조신권 옮김

35 복낙원 존 밀턴 | 조신권 옮김

36 포로기 오오카 쇼헤이 | 허호 옮김

37 동물농장 · 파리와 런던의 따라지 인생 조지 오웰 | 김기혁 옮김

38 루이 랑베르 오노레 드 발자크 | 송기정 옮김

39 코틀로반 안드레이 플라토노프 | 김철균 옮김

40 어두운 상점들의 거리 파트릭 모디아노 | 김화영 옮김

41 순교자 김은국 | 도정일 옮김

42 젊은 베르테르의 슬픔 요한 볼프강 폰 괴테 | 안장혁 옮김

43 더블린 사람들 제임스 조이스 | 진선주 옮김

44 설득 제인 오스틴 | 원영선, 전신화 옮김

45 인공호흡 리카르도 피글리아 | 엄지영 옮김

46 정글북 러디어드 키플링 | 손향숙 옮김

47 외로운 남자 외젠 이오네스코 | 이재룡 옮김

48 에피 브리스트 테오도어 폰타네 | 한미희 옮김

49 둔황 이노우에 야스시 | 임용택 옮김

50 미크로메가스 · 캉디드 혹은 낙관주의 볼테르 | 이병애 옮김

51, 52 염소의 축제 마리오 바르가스 요사 | 송병선 옮김

53 고야산 스님 · 초롱불 노래 이즈미 교카 | 임태균 옮김

54 다니엘서 E. L. 닥터로 | 정상준 옮김

55 이날을 위한 우산 빌헬름 게나치노 | 박교진 옮김

56 톰 소여의 모험 마크 트웨인 | 강미경 옮김

57 카사노바의 귀향 · 꿈의 노벨레 아르투어 슈니츨러 | 모명숙 옮김

58 바보들을 위한 학교 사샤 소콜로프 | 권정임 옮김

59 어느 어릿광대의 견해 하인리히 뵐 | 신동도 옮김

60 웃는 늑대 쓰시마 유코 | 김훈아 옮김

61 팔코너 존 치버 | 박영원 옮김

62 한눈팔기 나쓰메 소세키 | 조영석 옮김

63, 64 톰 아저씨의 오두막 해리엇 비처 스토 | 이종인 옮김

65 아버지와 아들 이반 투르게네프 | 이항재 옮김

66 베니스의 상인 윌리엄 셰익스피어 | 이경식 옮김

67 해부학자 페데리코 안다아시 | 조구호 옮김

68 긴 이별을 위한 짧은 편지 페터 한트케 | 안장혁 옮김

69 호텔 뒤락 애니타 브루크너 | 김정 옮김

70 잔해 쥘리앵 그린 | 김종우 옮김

71 절망 블라디미르 나보코프 | 최종술 옮김

72 더버빌가의 테스 토머스 하디 | 유명숙 옮김

73 감상소설 미하일 조셴코 | 백용식 옮김

74 빙하와 어둠의 공포 크리스토프 란스마이어 | 진일상 옮김

75 쓰가루·석별·옛날이야기 다자이 오사무 | 서재곤 옮김

76 이인 알베르 카뮈 | 이기언 옮김

77 달려라, 토끼 존 업다이크 | 정영목 옮김

78 몰락하는 자 토마스 베른하르트 | 박인원 옮김

79, 80 한밤의 아이들 살만 루슈디 | 김진준 옮김

81 죽은 군대의 장군 이스마일 카다레 | 이창실 옮김

82 페레이라가 주장하다 안토니오 타부키 | 이승수 옮김

83, 84 목로주점 에밀 졸라 | 박명숙 옮김

85 아베 일족 모리 오가이 | 권태민 옮김

86 폭풍의 언덕 에밀리 브론테 | 김정아 옮김

87, 88 늦여름 아달베르트 슈티프터 | 박종대 옮김

89 클레브 공작부인 라파예트 부인 | 류재화 옮김

90 P세대 빅토르 펠레빈 | 박혜경 옮김

91 노인과 바다 어니스트 헤밍웨이 | 이인규 옮김

92 물방울 메도루마 슌 | 유은경 옮김

93 도깨비불 피에르 드리외라로셸 | 이재룡 옮김

94 프랑켄슈타인 메리 셸리 | 김선형 옮김

95 래그타임 E. L. 닥터로 | 최용준 옮김

96 캔터빌의 유령 오스카 와일드 | 김미나 옮김

● 문학동네 세계문학전집은 계속 출간됩니다